ベティ・ニールズ・コレクション

オーガスタに花を

ハーレクイン・マスターピース

東京・ロンドン・トロント・パリ・ニューヨーク・アムステルダム
ハンブルク・ストックホルム・ミラノ・シドニー・マドリッド・ワルシャワ
ブダペスト・リオデジャネイロ・ルクセンブルク・フリブール・ムンバイ

TULIPS FOR AUGUSTA

by Betty Neels

Published by Harlequin Japan, a Division of K.K. HarperCollins Japan, 2024

ベティ・ニールズ

イギリス南西部デボン州で子供時代と青春時代を過ごした後、看護師と助産師の教育を受けた。戦争中に従軍看護師として働いていたとき、オランダ人男性と知り合って結婚。以後 14 年間、夫の故郷オランダに住み、病院で働いた。イギリスに戻って仕事を退いた後、よいロマンス小説がないと嘆く女性の声を地元の図書館で耳にし、執筆を決意した。1969 年『赤毛のアデレイド』を発表して作家活動に入る。穏やかで静かな、優しい作風が多くのファンを魅了した。2001 年 6 月、惜しまれつつ永眠。

主要登場人物

オーガスタ・ブラウン……………………看護師。
ミスター&ミセス・ブラウン……………オーガスタの両親。
チャールズ………………………………オーガスタの兄。
マリーナ、エマ…………………………オーガスタの大おば。
アーチー・デュークス…………………オーガスタの友人。研修医。
コンスタンティン・ヴァン・リンデマン……医師。
レディ・ベルウェイ……………………コンスタンティンの名付け親。入院患者。
スーザン・ベルサイズ…………………謎の美女。

1

ミス・オーガスタ・ブラウンは社会保険適用外の患者が入院する特別病棟に向かっていた。規定の黒い紐靴をはいた足で、ゆっくりと階段を踏み締めるようにのぼっていく。いらだちと落胆、それに不当な扱いだという思いが胸を離れない。看護部長に呼び出されたのは三十分ほど前のことだ。そのどこか畏敬の念を起こさせる小柄な婦人から、ベイツ正看護師が病欠の間、特別病棟で働きなさいと言い渡された。オーガスタはベイツが好きではない——退屈で、これみよがしに盲腸が痛むと言ってばかりいた。特別病棟の患者も嫌いだ。そこで、愛想のいい声に決意をみなぎらせてそう言った。だが、もちろんそんなことは通らない。オーガスタは資格をとった年から楽しく働いてきた男性外科病棟に戻り、看護師長から同僚、患者にいたるまでその話を伝えた。アーチー・デュークにも話した。彼は半年前に病棟にやってきた研修医で、仲のいい友人になった。これからは彼にもあまり会えなくなる。新米外科研修医が特別病棟にかかわることはめったにない……無数にある廊下の一つでたまにすれ違うのを当てにするか、同じときに休憩がとれる幸運を信じるしかない。ベイツは仕事が山ほどあるとよく愚痴をこぼしていた。特別病棟では午後、ほとんどの患者に見舞い客がやってくる。お茶の時間が過ぎるまでは必要な処置も待たなくてはならないのだ。すてきじゃないの、とオーガスタはむっとしながら考えた。

階段をのぼりきると、スイングドアを押し開け、なおも重い足取りで看護師長のいる詰め所に入った。

カッツ看護師長は自分のデスクにいた。やせ形で背が高く、なんの手も打たずにいつの間にか中年を迎えてしまったような女性だった。灰色の髪は小さく一つにまとめてあり、口紅のない細い顔には肌の色に合わないおしろいをはたいた跡がある。だが、憂いをたたえた茶色の目は美しく、歯並びはすばらしい。彼女は入ってきたオーガスタを見あげ、ちらりとほほえんだ。

「おはよう、ブラウン看護師。座ってちょうだい。こちらの用事をすぐにすませるから」

なにをしていたかは知らないが、カッツ看護師長はもとの仕事に没頭した。オーガスタは椅子に座って窓の外を眺めた。特別病棟は五階にあり、騒々しい中庭からはずいぶん距離がある。彼女が見ていると、救急車が緊急用の入口にすっととまった。同時に、じきに休暇をとる予定だと思い出し、気分が上向きになった。休暇が終わるころには、ベイツも復帰しているはずだ。救急車の乗員が扉を開けて、ストレッチャーを引き出し、やがて見えなくなった。あれはどういう状況なのだろうか。事故ではない。ライトは点滅していなかった。しばらく考えたが、あきらめて休暇に意識を向けた。一日か二日、ドーセットで獣医をしている父の家に戻り、その後オランダのアルクマールに行く予定だ。そこには母のおば二人が住んでいる。母が言うように、私のオランダ語上達のためにもいいだろう。

デスクの向こうのカッツ看護師長に目を向けたが、彼女はなおも下を向いて、なにかを書いている。オーガスタはあくびをしたい欲求と闘い、頭の中で複雑な計算を始めた。新しい服を買うために、貯金はじゅうぶんあるだろうか。とりたてて予定のない休暇といっても、服装まで野暮ったくする必要はない。結局、たし算を投げ出して、白いエプロンの上できちんと組んだ両手を見つめた。爪は淡いピンク色で、小さくて形のいい美しい手だ。兄チャールズも、唯一の美点だと寛大にも認めてくれた。残酷で率直な兄の意見では、上を向いた鼻、郵便受けを思わせる唇、おまけににんじんのような赤い髪では、とても美人とは言いがたい。まったくおもしろくない表現だが、オーガスタは気にしなかった。とにかく、誇張のしすぎだ。髪はたしかに赤銅色だけれど、ふんわりとやわらかい。先端がほんの少し上を向いているといっても、鼻だってけっこう悪くないはずだ。たしかに口は大きいかもしれない。でも、形はきれいだし、両端はかわいらしく持ちあがっている。美人じゃないにしても、不器量でもない。それに、目についてはとても満足している。色は鮮やかな緑で、まつげは赤みがかった濃い茶色だ。それでも、もっと背が高くて、もっとやせていたらよかったのにと思っている。幼いころはぽっちゃりしていた。今ではウエストも細くなり、出るべきところを残して、太めのところはなくなった。とはいえ、家族は今でもときどきオーガスタを〝ローリー〟――つまり〝ぽっちゃりさん〟という愛称で呼んでいた。

カッツ看護師長が口を開いた。「さて、二十ある病室のうち、三部屋が空いているけれど、午後に虫垂炎の患者が二人来るわ。一号室から始めましょう。深刻じゃない病状の患者もいるのよ。当然、あなたも知っているわね」

オーガスタは相づちを打った。特別病棟には軽度の肺感染症や検査を受けるだけの患者が一定数いる。外来で長い時間待たされるのではなく、ゆったりと横たわって検査や抗生物質治療を受けたいと望む人たちだ。彼らは高い料金を支払い、ベッドをあてがわれる。

「マーリーン・ジョーンズ」カッツ看護師長がてきぱきと説明した。「咽頭扁桃切除」

一人ずつ患者の説明を受けるのは、かなりの時間を要した。オーガスタは注意深く耳を傾けたあと、看護師長に従って、詰め所の両側に延びる廊下に出た。病室は手前に並び、正面には廊下に沿って大きな窓が広がっている。煙突上部の通風管や、教会の尖塔（せんとう）、遠くにセント・ポール大聖堂が眺められる。そんな都会的な光景に、オーガスタの中で何百回となく繰り返された疑問が浮かんだ。そもそもどうして私はロンドンにやってきたのだろう。突然故郷が恋しくなった。家の裏には囲い地があり、数匹の犬や、オーガスタのペットのろば、ボトムもいる。キッチンからは焼きたてのパンのにおいが漂ってくる。カッツ看護師長が情けをかけて、今すぐ休みをとらせてくれたら……。オーガスタは看護師長の視線を受け、あわてて一号室のドアを開けた。

病室の占有者はベッドでころげまわって絶叫していた。六歳かそこらのかわいい女の子で、どう見ても甘やかされている。ベッドのそばに立つ母親は、お手あげといったようすだった。けれども二人を見たとたん、彼女はひどく憎々しげに話しはじめた。

「看護師長、かわいいマーリーンがこんなに痛がっているんですよ。これは看護師の誰かが……」

「ベルを鳴らしましたか、ミセス・ジョーンズ？」

カッツ看護師長がきびきびと尋ねた。

「あの、いいえ……この子が泣き叫ぶ声は、看護師さんだって聞こえるでしょう」

カッツ看護師長がわずかに眉をつりあげた。「病院はとても騒々しいんですよ、ミセス・ジョーンズ。看護師は忙しく働いています。ベルが鳴れば、仕事を中断して駆けつけます。自分でベルを鳴らせないほど容態が悪い場合は、話は別ですが。いずれにしても、マーリーンのお母さんであるあなたがここにいるわけですから」彼女は急ぐことなくベッドに近づいた。「叫ぶのをやめなさい、マーリーン。もっと喉が痛くなるのよ。それに、うちに帰れなくなるわ。たしか、あさってじゃなかった？」

マーリーンは不満そうにはなをすすりながら、怒れる若者の敵意と、ある程度の敬意をもってカッツ看護師長をにらみつけた。

「お茶の時間にアイスクリームが出るわよ」看護師長が言う。「こちらはブラウン看護師。私がここにいないときに、あなたの面倒を見てくれるの」

オーガスタはベッドに近づいた。マーリーンが彼女をじっと観察したあと、口を開いた。涙と痛む喉のせいで声はかすれていた。「緑色の目なのね。あなたもお茶の時間にアイスクリームを食べるの？」

「残念ながら食べないのよ」オーガスタは明るく答えた。「でも、あなたが食べるのを見に来るわ」

隣の患者は老人だった。かなりの老齢で容態が悪かった。カッツ看護師長の話では、とても裕福で、しかもとても若い妻がいるという。

三人目の患者はもっと興味深かった。とはいえ、医学的な見地からではない。売り出し中の新人女優ミス・ドーン・デューイは高熱を発する感冒にかかっていた。オーガスタはカッツ看護師長の隣に立って、この患者はずいぶん健康そうに見えると考えていた。実のところ、病状よりもフリルやリボンがいっぱいのネグリジェのほうがはるかに興味深い。

その後、いくつもの病室をまわった。オーガスタは〝調子はいかがですか？〟と患者に挨拶（あいさつ）しながら、輝く緑色の瞳で彼らを観察した。何人かは容態が悪く、オーガスタの明るい顔は憐憫（れんびん）の情にやわらいだ。彼女は心やさしく、人が苦しむのを見るのがなによりも嫌いだった。だからこそ、優秀な看護師なのだ。

二人は廊下を引き返して、詰め所の向こう側に向かった。最初の病室の患者は魅力的な中年女性で、アルコール依存症を患い、入退院を繰り返していた。その隣は陸軍准将だった。看護師長はオーガスタに前もって警告していた。准将は気が短く、いらいらしているときには軍隊用語を使いたがるという。オーガスタは彼のことが気に入った。だが、もっと気に入ったのは、次のレディ・ベルウェイだ。その気むずかしい老婦人はレースのナイトキャップをかぶり、シルクのケープをまとっていた。腿を骨折してベッドに横たわる姿は、鎖につながれた雌ライオンを思わせる。オーガスタを紹介された彼女は、柄付きの眼鏡を持ちあげ、じろじろ見てから威圧的な口調でこう言った。

「まだ子供じゃないの。私を担当するには若すぎるわ。いいえ、誰の担当にしたって若すぎる」

大おばのいるオーガスタは、自分はちょっとほほえむだけにして、答えは看護師長にまかせた。「彼女は私たち職員の中でも、もっとも優秀なんですよ、レディ・ベルウェイ。医師の間でも高く評価されていますから」

寛大なほめ言葉をもらって、オーガスタはまつげをぱちぱちさせた。すると老婦人が不満そうに言った。「あなた、年はいくつなの?」

オーガスタはもう一度茶色のまつげをぱちぱちさせた。「二十三歳です」

レディ・ベルウェイが彼女をじろじろ見た。「ずいぶん目立つ髪だこと」

「そうでしょう? でも、それと私の看護師としての能力は関係ありませんわ、レディ・ベルウェイ」

オーガスタは輝く瞳でにっこりした。長い間があり、老婦人が笑みを返した。

「私は気むずかしいのよ」彼女は愛想よく言った。「でも、あなたは無視するのが上手みたいね」

オーガスタはその言葉を考えてみた。「私たちがそういうことにいらいらするかという意味なら、ええ、私たちはいらいらしません。でも、患者さんを無視することはありませんわ」彼女はまたほほえみ、看護師長に従ってドアに向かった。

詰め所に戻ると、看護師長が言った。「あなたが休暇をとる予定なのは知っているわ。それまでは、ベイツの代わりをやってもらえるわね」

「はい、看護師長」ほかのことを言っても、たいして役に立たないだろう。そう考えながら、オーガスタは男性外科病棟を思い起こした。そこの看護師長はオーガスタとあまり年齢も違わず、いつも休む日を選ばせてくれた。それに、アーチーと出かけるときにも理解を見せてくれた。

オーガスタが食事に出かけようとしていると、カッツ看護師長から、私はこれから勤務が明けるけれど、あなたは立派にやれると信じていると声をかけられた。午後に来る臨時雇いの正看護師に病棟をまかせられるので、五時に戻ればじゅうぶんのはずだった。オーガスタは食事をとりながら友人の看護師たちと気がねなくおしゃべりし、勤務が明けたそのうちの二人と一緒に、ちょっとだけウインドーショッピングをしてから、衝動的に〈フォートナム・アンド・メイソン〉で豪華なお茶を楽しんだ。

その夜は思っていた以上にうまくいった。オーガスタのほかに看護師が三人いたので、ほとんどの処置は彼女たちにまかせ、自分は医師の回診と看護部長への報告、夕食の配膳にまわった。食後の見まわりのときには、数人の患者からソースが違う、塩がたりないといったささいな文句を言われた。

レディ・ベルウェイは高く積みあげた枕にもたれてオーガスタをにらみつけ、病院の食事、とりわけ彼女の夕食について、簡潔で痛烈な不満の言葉をぶつけた。やがて息継ぎのために口を閉じたとき、老婦人は相変わらず黙っているオーガスタに尋ねた。

「それで、なにか言うことはないの？」

辛辣な文句にもうろたえず、オーガスタは考えた。

「言わぬが花だと思いませんか、レディ・ベルウェイ？」そして間を置いて尋ねた。「それで、夕食が楽しめなかったなら、ブランデーをちょっぴり入れたエッグノッグはいかがでしょう」

レディ・ベルウェイは鼻で笑った。「あなたはばかじゃないわね。でも、もちろんそんな目をしているんだもの、ばかなはずがないわ。ええ、エッグノッグをいただくわ——飲めるものならね」

一時間ほどのち、オーガスタはその日のレディ・ベルウェイの体温や脈拍、呼吸などが日誌に記入されていないことに気づいた。今は看護師たちが夕食をとりに行き、そろそろ夜勤が到着する静かで平和なひとときだ。今のうちに書いておいたほうがいいだろう。オーガスタは急がず廊下を進み、ドアをノックしてレディ・ベルウェイの病室に入った。見舞い客が二人来ていた。一人は黒髪の若い女性で、顔立ちも服装もすばらしい。もう一人は男性で、見舞い客のための お粗末な籐椅子に座っていた。彼が立ちあがったとき、椅子がきしむ恐ろしい音がしたが、オーガスタは驚かなかった。その男性は百八十五センチを超える長身で、広い肩と厚い胸が仕立てのいい上着に包まれている。もっとじっくり見たかったが、ここにはカルテをとりに来たのであって、見知らぬ男性をじろじろ見るためではない。オーガスタは愛想よく言った。「ごめんなさい、レディ・ベルウェイ。お客様がいらしているとは知らなくて。あなたのカルテが必要だったんです」

オーガスタはベッドの裾のほうにかけてあったカルテを取りあげると、三人に笑みを向けてからドアに引き返そうとした。男性が先にドアに近づき、大きな手でドアの取っ手をつかんだ……が、彼はドアを開けなかった。一瞬気まずい時間が流れ、オーガスタは目を上げて男性の淡いブルーの瞳を見た。とてもいい感じにきらめいている。彼はハンサムだ。麦わら色の金髪をうしろに撫でつけ、広い額を見せている。鼻は威厳を感じさせ、唇はくっきりして形がいい。その唇は今、ほほえんでいた——なかばからかうような小さな笑みだ。彼は低くやさしい声で言った。「僕の名付け親の言ったとおりだ。君は年端もいかない子供に見える」

オーガスタはぽかんと口を開けた。小さな白い歯を食いしばるかのように見えたが、ふたたび口を閉じ、冷ややかに男性を横目で見てから、もったいぶった口調で言った。「あなたの不安がいわれのないものでよかったわ」そして彼がドアを開けると、頭を高くもたげてさっと病室を出た。ところが、廊下を歩く彼女の隣に金髪の男性がいた。

彼はオーガスタの腕をそっとつかんだ。彼女は足をとめた。子供のころに兄妹(きょうだい)げんかで経験を積み、じっとしているほうが有利だと学んだのだ。

「そのほうがいい——レディ・ベルウェイについて話があるだけだ。君は逃げ出すことしか頭になくて、僕が話をする暇もくれなかった」

オーガスタの顔がほんのりピンク色に染まった。まさかこんなこととは思わなかった。すると彼女の心を読み取ったのか、男性が先を続けた。

「君に言い寄るとでも思ったのかい？　いやはや、僕はにんじんみたいな髪は好きじゃない」

この無礼な言葉に、ピンク色の顔が真っ赤になった。オーガスタはかっとなって言い放った。「私はあなたみたいな人に言い寄られて喜ぶ必死な女性たちとは違いますから！」

このせりふはまったく役に立たなかった。男性は心からおもしろそうに笑うと、口調をあらためて尋ねた——穏やかだが、尊大だ。「僕の名付け親はここが好きじゃないんだ。いや、しっかり面倒を見てもらっているのは僕もわかっている。だが、付き添いの看護師が見つかったらすぐにでも、彼女を自宅に帰せないものだろうか」

オーガスタはライトグレーのスーツの上着に目を据えたまま硬い声で言った。「私にはなんとも言えません。臨時でこの病棟にいるだけで、しかも今日来たばかりなんです。いずれにしても、カッツ看護師長かウェラー‐プラット先生に会ったほうがいいかと」彼女は男性を見あげた。どうしてこの人はおかしくてたまらないという顔で笑みを浮かべているのだろう。「彼はレディ・ベルウェイを担当する整形外科の医長ですから」念を入れて説明する。「彼か看護師長に電話をするなら――」夜勤の看護師が階段をのぼってくる静かな足音が聞こえた。

オーガスタより先に、男性がよどみなく言った。「ありがとう。これ以上は引きとめないよ。夜勤の看護師が来たから、君も引き継ぎをしたいだろう。じゃあ」

男性はレディ・ベルウェイの病室に戻り、残されたオーガスタは急いで詰め所に向かった。夜勤の看護師二人がすでにそこにいた。一年目の見習いと経験を積んだ正看護師で、正看護師のほうはオーガスタの親しい友人だ。彼女がすかさず尋ねた。

「ガッシー、今のは誰？　廊下であなたといちゃいちゃしていたハンサムな大男のことよ。私の見まわりのときまでいてくれるといいんだけど」

「誰かは知らないわ。それにどうでもいいし」オーガスタは今も髪についての彼の発言に憤慨していた。「レディ・ベルウェイのお見舞いに来たの。女性連れよ――パンツスーツを着ていたわ」彼女は細かく説明した。パンツスーツはエレガントですらりとした人が着るとすばらしい。でも、私は違う。オーガスタはため息をつき、引き継ぎを開始した。

病院内の複雑な通路を歩いて看護師寮に戻るとき、オーガスタはふと考えた。レディ・ベルウェイの見舞い客は、どうして私が夜勤の看護師に引き継ぎをするとわかったのだろう。ふつうなら、見舞い客は病院の仕事の流れなど知るよしもない。きっと彼は非常に観察力のある人で、しょっちゅうお見舞いに来ているのだ。あるいは、病院についてくわしいか。でも、これはありそうにない。どう見ても、あの人は有閑階級だ。自信たっぷりで、銀のスプーンをくわえて生まれてきたような育ちのよさが感じられた。

オーガスタがしかめっ面をしていたので、寮の談話室にいた親しい友人たちが今日はひどい一日だったのかといっせいに尋ねた。しばらく慰められたあと、オーガスタは入浴をすませて寝巻きにガウンをはおると、同じような姿の仲間たちのところに戻ってテレビのホラー映画を見た。なかなかこわい映画だったおかげで、にんじんみたいな髪は好きじゃないと言った男性のこともすっかり忘れてしまった。

ところが翌朝になって、彼のことを思い出した。そして看護師長に誘われてコーヒーを飲みながら、彼が何者なのか、話を聞けるだろうと期待して水を向けてみた。だが、その期待も空振りに終わった。

「彼のことは聞いたことがないわ。私がここにいるときに来ればいいのにね。あるいはウェラー‐プラット先生に電話で面会の約束をとるとか」看護師長はその話題を切りあげた。「ミス・トムズに付き添って手術室に行ってくれないかしら――彼女はひどく神経質で、痛みに弱いのよ」

その後、オーガスタは看護師長に言われたとおり、手術室に向かうミス・トムズの手を握り、ゆっくりと確実に恐怖を抑えるやさしい小さな声で話しかけていた。キャップをピンでとめながら手術室のスイングドアから引き返したとき、レディ・ベルウェイの見舞い客に再会した。彼の〝やあ〟という挨拶は屈託なく、しかもまったく驚いたようすはなかった。

オーガスタが言うべき言葉をさがそうと努力していると、男性も並んで歩きだした。「忙しいんだろう。わかるよ……どういうわけか、君は特別病棟を楽しむようなタイプじゃないと思うんだ……」

「私……」オーガスタは言いかけてから、かわいい唇をしっかり閉じ、階段に向かって歩きつづけた。彼が私の本当の思いを打ち明けられるような相手だとはとても思えない。そのとき、二人のほうにやってくるアーチーの姿が目に入った。彼はすれ違いざま、オーガスタしかいないように話しかけた。

「やあ、ガッシー。今夜会おう——いつもの場所で」それから彼は立ち去った。

運よく二人は階段の手前まで来ていた。階段をのぼろうとしたオーガスタは、同伴者は階下に行きますようにと一心に願った。男性は階下に向かったが、階段を下りていく前に、いやになるほどなめらかな声で言った。

「ほっとしたよ」オーガスタはくるりと振り返り、身を滅ぼす好奇心から、なぜかと尋ねた。すると、答えが返ってきた。「君は男が好きじゃないのかもしれないと思いはじめていたんだ。僕のことが好きじゃないっていうのは、大いにプライドを傷つけられたが、そっちはあとからどうにでもなるしね」

オーガスタは澄ました顔で言った。「では、これで」そして糊(のり)のきいた白いスカートで一段おきに階段を駆けあがった。アーチーとのデートではなく、背の高い見知らぬ男性のことしか考えられない自分が恥ずかしくなった。でも、だからといって、彼が魅力的だなんて思っていないわ。そうよ、失礼だし、傲慢(ごうまん)だもの。でも、あの人は好きになった女性にはどうふるまうのだろう——たとえば、あの黒髪の美人には。それに、彼はとてもいい声をしている。オーガスタはわずかに眉をひそめた。今になって気づいたけれど、彼の言葉には訛(なまり)があった。煙のようにとらえがたいかすかなアクセントが心の隅に引っかかっている。

特別病棟に通じるドアを抜けると、その男性のことは忘れて仕事に没頭した。彼の姿が心に忍びこんでくるときには、理性を働かせて無視した。けれども夜になって、その男性を思い出させたのはアーチーだった。二人で映画を見た帰り、アーチーはたいして興味もなさそうに、あれは誰なのか、そしてオーガスタとなにをしていたのかと尋ねた。オーガスタは説明し、きっと結婚しているか、一緒にレディ・ベルウェイの病室を訪れた女性と婚約していると思うと付け加えた。奇妙にも、その考えが気に入らなかった。だが、彼がにんじんみたいな髪は好きじゃないと言い放ったのを思い出した。

「あなただったら、私の髪の色をどう言い表すかしら、アーチー？」

アーチーがびっくりした顔を向けた。「驚いたな。いったいどうしてそんなことを知りたいと思ったんだ？　そうだな、たぶん……赤銅色？」彼は用心深く尋ね、オーガスタがにっこりしたのでほっとした。

「私、二週間ほど休みをとるつもりなの」聖ユダ病院に戻るバスを待っているとき、オーガスタは言った。「あなたはデートの相手を見つけないとね」

「ああ、それなら簡単さ」アーチーがあっさり言った。オーガスタは手放しでは喜べなかった。アーチーに恋してはいないが、たとえ一時的でも彼が自分にちょっぴり恋していると思うのはいい気分だった。でも、明らかにそうではないようだ。

その後、ベッドの中で考えてみた。アーチーのことは好きだ。でも、自分が彼の立場なら、あと二年は研修期間なのだから、看護師と恋愛などしないよう気をつけるだろう。ほかの二十三歳の女性と同じく、オーガスタも何度か恋をした気になったことはある。けれども、一度もときめいたことはないし、何週間と続いたこともなかった。いらだたしくも、いつの間にかあの見知らぬ男性が心に浮かんだ。これはばかげている。それに将来もない。きっと彼には二度と会わないだろう。そう思って少し悲しい気持ちになりながら、オーガスタは眠りに落ちた。

2

翌日の午前中、オーガスタは彼に会った。その日は看護師長が休みで、オーガスタは午前十一時から夜勤が来る時間まで働く予定だった。朝食後すぐに出かけて買い物をすませ、病院に戻ったところで、二人は同時に病院の入口に着いた。オーガスタは歩きで、彼はダークグレーのロールスロイスに乗っていた。大きなシルバーシャドーのコンバーティブルがうなりをあげて彼女を追い越し、音もなくとまった。オーガスタは一瞬驚いた顔をしたが、冷ややかにうなずき、階段を駆けあがって門衛の詰め所の前を通り過ぎると、ロビーの奥をめざした。それでもまだ速度がたりなかった。ぴかぴかのリノリウムの床を中ほどまで進んだとき、男性が追いついた。

彼は甘い声で言った。「君は逃げているのか、それとも僕を……思いとどまらせたい？」

二人はロビーから左右に延びる通路にやってきた。右手に折れたオーガスタは、彼がなおも隣を歩いていることに気づいた。

「どちらでもないわ」彼女はいくらか息切れしながら答えた。「買い物に出かけたんだけれど、あと十分で勤務につかないといけないから」

金髪の男性はくっくっと笑った。「まず君は呼吸を整えないといけないね」二人は通路の突きあたりにたどり着き、彼が中庭に出るドアを開けた。その向こうに、看護師寮の地味な建物が立っている。

オーガスタは中庭を急いで抜けながら、彼のほうを見ずに〝さよなら〟とつぶやいた。いつものようにすばやく着替えをすませてブラシで髪をとかすとき、瞳の色に合った新しいニットのワンピースを着ていて運がよかったと思い返した。ほんの一週間前に買ったばかりで、四月の初めに着るには少し涼しいけれど、今朝は太陽が照っていた。それに、この前の誕生日に父親がプレゼントしてくれたエナメル革のバッグを持っていた。朝早くから出かけたのは、これに合う靴を買うためだったのだ。おかげで、ぴったりのものが〈レイン〉で見つかり、彼と会ったときにはエレガントなバックベルトの靴をはいていた。わけもなく、そのことが彼のロールスロイスに見合うような気がした。

親しい臨時雇いの看護師と引き継ぎをすませたあと、オーガスタはおそるおそるきいてみた。「見舞い客はあった、バブズ？」

「一号のお母さんね」バブズの眉が大げさにつりあがる。「レディ・ベルウェイのところに、美人が来たわ。すてきな白のワンピースに、ものすごく値の張るゴブラン織りのベルトを締めていたわね。それに、とかげ革のストラップの靴にそろいのバッグ」

「ほかには？」

「誰もいなかったわ」バブズが立ちあがった。「じゃあ、私はこれで帰るわね。アーチーは元気？」彼女は立ち去り際に、肩ごしに尋ねた。

オーガスタはいくらかきまり悪くなった。病院ではアーチーと私が付き合っていると思われている。「ゆうべは一緒にリージェントに出かけたわ。新作映画を見に……彼は元気よ」

バブズがドア口からじっと見つめた。「若き日の愛の夢に陰りが見えてきた？」

「いいえ、違うのよ、バブズ。若き日の愛の夢なんかじゃないの。私たちは楽しく過ごしているだけ。あなたがお金のない研修医で、成功したいと思っていたら、私に恋なんてする？」

「そうね、私ならしないわ。でも、待って。ほかの人だったら、恋するかもしれないでしょう。私にはよくわかる。ガッシー、あなたは美人じゃないけれど、とっても個性的だもの。じゃあね」

一人残されたオーガスタは、カッツ看護師長の唯一の私物である小さな鏡に自分の顔を映して、数分を無駄に過ごした。バブズの言うとおりだ。私は美人じゃない。彼女はため息をつき、患者の見まわりを開始した。だが、マーリーンの病室のドアを開けようとしたとき、ちょうど看護部長がやってきた。小柄で、カーリーヘアとブルーの瞳のかわいらしい女性だ。四十から五十までのどの年齢でも通りそうだった。彼女はほほえんだ。「ちょっと見まわりをしているだけなのよ、ブラウン看護師」

見習い看護師たちが大声でおしゃべりを始めないといいのだけれどと思いながら、オーガスタは一号の病室のドアを開けた。看護部長の手腕はすばらしかった。彼女はお茶の種類が違うとか、卵が固ゆですぎるとかいう文句や不満を、よく切れるはさみのごとくすっぱり切り捨てた。けれども、不調が原因の場合には、思いやりを持って耳を貸し、私の信頼するブラウン看護師に一任すると伝えた。

陸軍准将の病室に二人が入っていくと、彼は陽気な怒号で挨拶し、看護部長に言った。「ここの看護師たちの中で、この子だけは会話の進め方をわかっている。クリケットにもくわしい。それに、わしのいまいましい足のこともよくやってくれている」

短い沈黙があった。というのも、明日の午前中、准将は彼のいまいましい足と手術室で永遠の別れを告げることになっていたからだ。

オーガスタはあわてて同情の言葉を口走った。准将は気むずかしくて癇癪持ちだが、八十歳の肉体に獅子の勇気を持っている。「国際クリケット選手権大会の優勝決定戦チームに変更があったことについてはどう考えますか、准将?」オーガスタが問いかけると、看護部長がちらりと彼女を見た。たぶん私はばかなまねをしているのだろう。けれども、この老人がどう感じているのかは想像できる。それから五分ほどクリケットの話題が続いた。

ドアの外に出たとき、看護部長が言った。「看護の仕事って、ときどきひどくつらいわよね」そして大きな笑みを見せた。オーガスタには彼女の言いたいことがわかった。看護師の仕事でつらいのは、長い勤務時間や足の疲れ、あわただしい食事ではない。助けられないことこそ、なによりもつらいのだ。

レディ・ベルウェイの病室には今も見舞い客がいた。オーガスタはさりげなく彼女の靴が本物のとかげ革であると確認した。婚約指輪があるかどうかも見たが、どの指にも指輪があって、わからなかった。

ロールスロイスの持ち主の気配はなかった。彼は早く来て早く帰ったのだろう。オーガスタはレディ・ベルウェイが看護部長を相手に、昨日のお茶の時間に出されたきゅうりのサンドイッチに胡椒が足りなかったと主張するのを聞き流しながら、場違いな失望感を味わっていた。

翌朝、オーガスタは准将を手術室に連れていった。彼にそう約束していたからだ。准将はまるで戦闘に臨むかのようにふるまっていた。麻酔前の投薬のせいで、いつもの鋭さは少々鈍っていたものの、廊下をゆっくり進みはじめたときも、鉄鋼株の下落について話していた。エレベーターの前で、彼はオーガスタの手をつかんでぶっきらぼうに尋ねた。「目を覚ましたら、わしはどこにいる?」

オーガスタはわざと事務的に答えた。「あなたのベッドです。私が鋭い目で見張っていますから」

准将が笑い声を響かせた。「〝鋭い〟じゃないだろう。〝美しい〟だ!」

二人は一緒に笑い、エレベーターに乗って階下に向かった。彼の手はなおも慰めを与えてくれるオーガスタの小さな手を握り締めていた。

手術室は一つ下の階にあった。重いスイングドアの前にたどり着いたとき、オーガスタの反抗的な心に居座る男性がドアの向こうから現れた。オーガスタはびっくりしたが、きっとウェラー-プラット先生に会いに来たのだろうと思い直した。とはいえ、整形外科の医長に会いに来るにしては、変わった場所だ。すると、男性はストレッチャーの横で立ちどまり、明るく言った。「やあ、准将。これから死の入口に入るんですか？」

ずいぶん悪趣味な挨拶だとオーガスタは思ったが、明らかに准将はおもしろいと思ったらしく、くっくっと笑って、不明瞭な口調で言った。「ああ、君か。まあ、これが初めてというわけじゃないしな」

オーガスタはきびしく言った。「こちらの患者さんは鎮静剤を投与されているんです。どうか話しかけないで」

だが、大男はオーガスタがどぎまぎするほどすぐそばに立ちはだかり、あやまる代わりに、そっと言った。「なるほど、守護天使か」彼は准将を見てにやりとし、激怒するオーガスタに魅力たっぷりの笑みを向けてウインクをすると、大柄な男性にしてはとても軽やかな足取りで廊下を進んでいった。その後、オーガスタはスイングドアを抜けて、麻酔薬のにおいがかすかに感じられる無音の小さな世界に入った。ここが手術室だ。

「なかなか立派な若者だ」准将がつぶやいた。

オーガスタは彼の枕をはずし、麻酔の針が刺せるように手術用ガウンの袖をめくりあげた。オーガスタの心臓はわずかに鼓動が速まった。とうとう彼が誰かわかる。「あの人は誰なんです、准将？」

准将はオーガスタに目の焦点を合わせると、口ごもるように言った。「古い友人の孫だ……」彼が目を閉じたとき、オーガスタはあきらめのため息をもらした。結局、なにもわからないのだ。

男性はもう少し前に進み出た。その腕に、オーガスタが見たことがないほどたくさんのチューリップの花を抱えている。これからレディ・ベルウェイの病室を訪ねるのだろう。オーガスタは彼をにらみつけた。疲れ果て、空腹で、髪もくしゃくしゃだ。

男性が物やわらかに言った。「実に温かい歓迎だな。古い歌があるだろう、〝かわいくてやさしいレディがいましたとさ〟って——やさしいじゃなくて親切だったかな？　君も同じだと思うんだ」

彼が山ほどのチューリップをデスクに置くと、ファイルもカルテも洗濯物の伝票も見えなくなった。

「これを君に——チューリップをミス・オーガスタ・ブラウンに。なぜなら太陽は一日じゅう輝いているのに、彼女は一度も日の光を浴びなかったんじゃないかと思ったから」男性はくるりと背を向けると、ドア口で肩ごしに言った。「ところで、君は僕と会うたびに、親指のうずきを感じないかい？」

准将がふたたび目を覚ましたとき、オーガスタはベッドわきにいて、すぐさま声をかけた。

「お目覚めですね。もうご自分のベッドに戻っていますよ。すべて順調です」彼女はほほえみ、うなずいて准将の手をとった。うれしいことに、彼は力強く握り返してきた。その日は一日がとても長く感じられた。たぶん、外では太陽があんなに輝いているのに、屋内に閉じこめられているせいだろう。そう考えて、少し自分が恥ずかしくなった。きっと患者も同じように感じているはずだ。オーガスタが詰め所で日誌を書きはじめたとき、ドアにノックの音がした。「准将の点滴がとまったなら……」

振り向くと、淡いブルーの目がこちらを見つめていた。彼はドアのすぐ内側に立ち、ほほえんでいる。エレガントで落ち着き払ったようすだ。

「なにかご用ですか？」オーガスタはわきあがる興奮を無視して、ぶっきらぼうに尋ねた。

彼は口もきけないオーガスタを残して出ていった。チューリップをめぐって、夜勤の看護師たちの間でさまざまな意見が飛び交った。オーガスタは顔を赤らめながら、見舞い客の一人が置いていったと説明した。誰かは言わなかった。そして悪意のないからかいに耐えたあと、立派な花束を抱えて病棟をあとにした。

オーガスタが階段を中ほどまで下りたとき、当の男性が追いかけてきた。親指はうずかなかったとしても、第六感で、見る前からわかった。だが、もちろん振り向かなかった。駆けだそうかとも考えたが、みっともないだけだ。そういうわけで彼はすぐさま追いつき、穏やかに言った。「どうした、疲れて逃げ出すこともできないのかい？」

オーガスタは冷ややかな笑みを向けて、そっけなく答えた。「いいえ」それから思い出した。彼は親切にもチューリップをプレゼントしてくれたのだ。

「きれいなお花ね。ありがとう」階段を下りきったところで付け加えた。「私はこちらに行くので」

オーガスタがちらりと笑みを見せて背を向けると、大きな手が肩をとらえて、彼女を振り返らせた。

「おやすみを言うんだから……」男性はそっと言うと、頭を下げてオーガスタにキスをした。

オーガスタは眠れない夜を過ごした。今度会ったときに冷淡な態度をとるために、練習を繰り返した。残念ながら、睡眠時間を削ったのも無駄になった。というのも、彼が姿を見せなくなったからだ。一週間もたつと、オーガスタも認めるしかなくなった。あのチューリップはお別れの挨拶みたいなものだったのだ。きっと彼は地球の遠く離れた場所で橋を架けているか、油田を見つけているかしているのだろう。黒髪の女性が今もレディ・ベルウェイを訪れているのを考えると、少なくとも彼がロンドンにいないのはたしかだ。オーガスタは彼女が病院を立ち去るところを見たことがあった。しゃれた小型のスポーツカーを運転していた。八日目になって最後のチューリップを捨てたとき、オーガスタは彼の記憶も心のごみ箱に捨てた。

准将は術後の経過も順調だったが、気むずかしいことに変わりなかった。ミス・ドーン・デューイは退院し、そのあとに扁桃炎の政治家が入った。レディ・ベルウェイはとうとう付き添いの看護師を見つけて、退院することになった。オーガスタは彼女からお茶に招待された――というか、来るよう命じられた。

驚いたことに、ある日レディ・ベルウェイの病室から出てきた黒髪の女性がオーガスタを呼びとめた。

「毎日顔を合わせているのに、おたがいの名前を知らないなんて、ばかみたい。もっとも、私はあなたの名前を知っているけれど。私はスーザン・ベルサイズ――レディ・ベルウェイの姪なの」彼女が手を差し出し、オーガスタは礼儀正しく握手した。アルコール依存症の患者のことを考えていたので、少々うわの空だった。スーザン・ベルサイズはとくに急いでいるようすもなく先を続けた。「あなたはおばにとてもやさしくしてくれたわ。おばがあなたに付き添ってもらいたいと思っているのはご存じよね。でも、看護部長に、あなたはなくてはならない人だと言われてしまって」彼女は同情するように付けたした。「とっても疲れているに違いないわ。あまり楽しくないでしょう」

哀れまれているのだとオーガスタは思った。そもそもなにが〝楽しい〟と言っているのだろう？　そこでいくらか大げさに、とても楽しいと答え、じりじりと詰め所のドアに向かった。

「もちろんそうよね。ここにはドクターがいっぱいいるんですもの」スーザン・ベルサイズは茶目っ気たっぷりの目でオーガスタを見た。「この前の夜、あなたを外で見かけたのよ」

オーガスタは目をぱちくりさせて、二人の行動範囲を考えてみた。まずバス停ではないだろう。それに、映画館のいちばん安い席でもない。ときどきアーチーが連れていってくれるカフェも、ミス・ベルサイズが行くような場所ではない。オーガスタは警戒しつつ言った。「本当に？　私にはとても……」

「あなたはドクターと一緒にいたわ。ここで見たことのある人だった。夜遅くここを出たときに、あなたたち二人を追い越したんだけれど、あなたは私たちに気づかなかった」

〝私たち〟あの麦わら色の髪の人だわ。オーガスタは失礼のないように相づちを打ちながらも、詰め所のドアに手をあてて少しずつ開けていった。

「あなたは大勢の人と会うんでしょう？　でも、きっと忘れてしまうのよね……行きずりの人ですものね」彼女の笑い声はとても楽しげだった。

「ええ、そうね。よろしければ私は……」

スーザン・ベルサイズはすぐさま心配そうな顔をした。「まあ、ごめんなさい。あなたには仕事があるのに引きとめたりして、私って本当にだめね」彼女はくすくす笑った。「また会えるでしょうしね」

スーザン・ベルサイズはシャネルの五番の香りを残して、廊下を遠ざかっていった。オーガスタは仕事に戻り、その後は彼女のことも忘れた。少なくともしばらくの間は。

レディ・ベルウェイが去ったあと、特別病棟も静まり返ったようだった。彼女の辛辣な言葉や、これをしろ、あれが欲しいといったわがままな要求がなくなり、オーガスタは寂しく思った。老婦人はひどく手のかかる患者だったが、興味深い人物でもあった。それに認めたくはないけれど、彼女がいれば、見舞い客が来る可能性があった。チューリップをプレゼントしてくれた男性の名は、准将から聞き出すつもりだった。ところがオーガスタが尋ねようとするたびに、必ずじゃまが入った。結局、わからない運命なのだろう。スーザン・ベルサイズが言ったように、彼はただの行きずりの人なのだ。それでもやはり、数日後〈ハロッズ〉の前でバスを降りて、レディ・ベルウェイの家に向かうとき、オーガスタは彼女から話が聞けるかもしれないと期待した。

レディ・ベルウェイは〈ハロッズ〉から歩いて十分ほどの、十九世紀の建築家ナッシュが設計した建物に住んでいた。オーガスタは旧式のドアベルを鳴らすとうしろに下がって、一階の窓辺を飾る花箱をほれぼれと眺めた。屋敷は手入れが行き届き、今も美しい状態を保っている。やがてドアを開けた年配の執事に案内され、細長い玄関ホールを抜けて美しい階段を上がり、客間に向かった。客間は二階の大部分を占めていた。窓が正面と裏手の両方にあり、壁のいちばん目立つところに巨大な暖炉がある。レディ・ベルウェイは寝椅子に横たわっていた。パステルカラーの膝かけやストールがきれいにセットした白髪を完璧に見せていた。執事が朗々とした声でオーガスタの来訪を告げると、女主人が嬉々として言った。「また会えてうれしいわ、看護師さん……いいえ、そんな呼び方はできないわね。これからはオーガスタと呼びましょう。こちらに来て座ってちょうだい。あなたがなにをしていたか話して」

私の生活なんて、この老婦人にとっては退屈で不快なだけだろう。オーガスタは心ひそかに思いながら肘掛け椅子に腰を下ろすと、逆に自分のほうからいくつか質問した。それがきっかけになって、レディ・ベルウェイはふたたび自宅に帰った喜びから、あれこれ楽しげに話しだした。

オーガスタは看護師がそこにいるものと思っていた。そしておそらくスーザン・ベルサイズも。けれども、その後まもなく、看護師は午後休みをとり、スーザン・ベルサイズは短期間パリに行っていることが明らかになった。

セーブルの磁器でお茶を飲みながら、二人はさまざまなことを話した。外国の政治について議論している最中に、レディ・ベルウェイがあなたはずいぶん博識なのねと言った。彼女が驚いているようなので、オーガスタは看護師というのはみな、そこそこの教育を受けているので、当然知識もあるとつい言ってしまった。レディ・ベルウェイは言葉どおりに受けとめ、愛想よく言った。

「それで、あなたのお父様はどんなお仕事を？」

「獣医です。田舎で診療所を開いているんです」

「どこ？」

「ドーセットとサマセットの州境で」

「ロンドンはさほど好きじゃないの？」

「ええ、そうですね、レディ・ベルウェイ。でも、看護の道で成功するには、ロンドンでもトップクラスの病院で訓練する必要がありましたから。今は可能な限り経験を積まないといけないんです」

「看護師長の地位につきたいの？」

オーガスタはためらった。「そうですね、最終的にはそんなところでしょうね」

「結婚したくないの？」

オーガスタは当たりさわりのない答えをした。

「いえ、そういうわけでは」それから質問攻めにされていることに当惑して言った。「申し訳ないんですが、そろそろおいとましないと……夕方から仕事が入っているんです」

レディ・ベルウェイはがっかりしたように見えた。

「そうね、戻らないといけないんですものね」彼女の顔がぱっと明るくなった。「私がカッツ看護師長に電話して、頼んでみたらどうかしら？」

オーガスタはそれが実現したときのカッツ看護師長の顔を思い描いて笑みを抑え、真顔で言った。

「それはまずいと思います。だって、看護師長は私が出勤しないと帰れないんですから」

「だったら」女主人は愛想よく言った。「しかたないわ。でも、また来てくれないかしら」

もちろんそうしますと答えたオーガスタは、頬に老婦人のキスを受けてびっくり仰天した。

「あなたはとってもいい子ね。こんなおばあさんの相手をしてくれるなんて本当にやさしいわ」

その言葉が実に悲しげだったので、オーガスタは心から言った。「そんなんじゃないんです。私も楽しかったし、ぜひまたおじゃまさせてください」

レディ・ベルウェイがほほえんだ。「メモを渡しておくわ。よかったら電話をちょうだい」

静まり返った屋敷の階段を下りながら、オーガスタは思いをめぐらせた。大勢の知人がいるにもかかわらず、レディ・ベルウェイは寂しいのだ。たぶん、歯に衣着せぬ物言いのせいで、親しい友人がなかなかできないに違いない。

翌日、オーガスタがシャーボーン駅で列車を降りると、母親が迎えに来ていた。母と娘は深い愛情のこもる気さくな挨拶を交わすと、車に向かった。

「運転はあなたのほうがいいわ、ローリー。あなたのお父さんはバガー農場に出向いているの。チャールズが来るはずだったんだけど、急にウインドヘイズから呼び出されて……ほら、ジャージー種の牛のせいで。それで私が一緒にそっちに行き、そのまま車に乗ってこっちに来たというわけ。チャールズは用がすんだら電話をよこすことになっているから、あなたが迎えに行ってくれないかしら」ミセス・ブラウンは話しながら、助手席に座った。

オーガスタはエンジンを始動させるのに手間取っていた。ほぼ三カ月運転していなかったので、感覚を取り戻す必要があった。このモーリス社の古い小型ワゴン車は、小さな動物を運ぶときにも使うせいもあって、少々くたびれている。ギアが入ったとき、オーガスタは麦わら色の髪の男性が乗っていた傷一つないロールスロイスを思い出した。かすかに顔を赤らめた娘に、母親が鋭く尋ねた。

「なにを思い出したの、ダーリン？　きっととてもいいことね」

「あら、とくになにも。ただ、お母さんに会えてうれしかったの。なにか変わったことはなかった？」

オーガスタはそつなく駐車スペースから車を出すと、小さな町の中を抜けていった。その後ノース・ウートンとビショップス・カウンドルを通る道に入り、キングスタッグ方面に向かう道に折れた。

オーガスタの生家は丘に囲まれた谷の片側に位置し、二つの集落のちょうど中間地点にあった。石造りの家は縦長の格子窓と、テューダー様式のアーチを残す玄関ドアを備えている。遠い遠い昔、そこは小さな荘園屋敷だった。その地域の有力な家々とは比較にならないが、それでもやはりすばらしい建物だ。オーガスタは常に開けたままの門を通り抜け、玄関ドアのすぐ前に車をとめた。「車はここに置いておくわね。チャールズから電話があったときに、時間の節約になるもの」

自分の部屋で荷ほどきをしたあと、キッチンに下りていき、板石敷きの玄関ホールをはさんで向かい側の居間にお茶のトレイを持っていった。あちこちに花が飾ってあり、使いこまれた家具は輝きを放っている。暖かい午後だったが、石の暖炉には小さな火が燃えていた。オーガスタは満足げにため息をついた。我が家はいいものだ。

その後、スパニエル犬のスタンリーと外を散歩した。オーガスタの静かな足音を聞きつけ、ジャックラッセルテリアのポリーとスキッパーが彼女のまわりをぐるぐる駆けまわった。庭を横切って突きあたりの小さな門を出たところが、小さな囲い地になっている。そこは具合の悪い馬やポニーを預かる場所で、ペットのろば、ボトムの住まいでもある。ボトムが鼻を突き出して、オーガスタが持ってきたにんじんをおねだりした。しばらくのち、オーガスタはキッチンのドアから家に入り、りんごの皮をむきながら母親と雑談した。オーガスタの膝にはペルシア猫のモーディが、隣には虐待されてここに逃げてきた雄猫のフレッドが座っている。やがて電話が入り、彼女はチャールズを迎えに行った。

夜はオランダ旅行のために荷物をまとめたが、その前に父親の往診にも付き添った。二軒の農場に父親を送り、それから家に隣接する小さな診療所に戻って、のんびりと雑用を手伝った。家族は長い夕食の時間を楽しんだ。オーガスタが家に帰るのは久しぶりで、話題は尽きなかった。

「それで、結婚については考えていないの？」母親がオーガスタに尋ねた。「アーチーはどう？」

「いい人よ。でも、彼にロマンティックな期待をしないで。私たち、一緒に出かけるのが好きなだけなの。彼はこれから何年も勉強しないといけないのよ。それに野心家だから、きっとお金持ちの女の子と結婚するでしょう。私はこのまま結婚しない運命だと思うわ」

翌日はあっという間に過ぎた。あまりに速すぎると思いながら、オーガスタは荷造りを終わらせた。時計を見たり日誌を書いたりすることなく忙しく過ごすのが、これほど楽しいとは思いもしなかった。村の商店まで歩いていって買い物をし、母親を車に乗せて牧師館にも行った。定期的に催される慈善バザーを組織する委員会に母親が出席するからだ。オーガスタは牧師夫人を手伝ってお茶を出し、出席者の女性たちとおしゃべりした。ときどき心ならずも、太陽が輝いているからという理由でチューリップをプレゼントしてくれた男性について考えた。

夜、眠りにつくときも、その男性のことを考えた。彼は何者なのか、そして今ごろなにをしているのか。それに彼とミス・ベルサイズは……。オーガスタは次に来るふさわしい言葉をさがした。〝深くかかわっているか〟ならいいだろう。ああいう種類の人たちを理解するのはむずかしい。そもそも彼らがどういう種類の人なのか、あまり深く考える気にはなれなかった。なんの得にもならない。オーガスタはあの男性の忘れがたい声を締め出そうとして毛布を耳まで引っ張りあげ、やがて眠りに落ちた。

翌日、チャールズがオーガスタを駅まで送った。妹を列車に乗せると、彼は思いがけず別れのキスをした。「楽しんでこいよ」その言葉に、二人は声をあげて笑った。大おばたちと過ごすのは楽しいけれど、いろいろと騒動が持ちあがるのだ。列車ががたっとゆれたとき、兄が言い添えた。「次に帰ってきたときには、僕が迎えに行くから。じゃあな」

3

アルクマールで列車を降りたオーガスタは、オランダにいる喜びを味わっていた。空がこんなに広いなんて忘れていたし、田園風景は信じられないほど平らで穏やかだ。それにうれしくもあった。少し錆びついてはいたけれど、オランダ語もちゃんと通じた。大おばたちが住む家は運河に囲まれた町の中心部にあった。階段屋根のある十七世紀の建物は、現代の基準からすると少々やっかいだ。階段は急で天井は高く、重厚な家具はしょっちゅう磨かなくてはならない。とはいえ、バスルームやキッチンには最新式の設備が整い、古い家ならではの居心地のよさとくつろいだ雰囲気がある。

マールチェがドアを開けた。オーガスタが覚えている限り、マールチェは住みこみで料理や掃除、家事をしている。淡いとうもろこし色の髪が銀色に変わったことを除けば、まったく昔のままだ。二人は古い友人どうしのように挨拶（あいさつ）を交わした。

「おばさんたちは居間においでよ」マールチェが言った。「直接行ってちょうだい、オーガスタ。私はコーヒーを持っていくから」

オーガスタは廊下を進んでいった。狭い廊下の板張りの壁には、陶器の皿や肖像画がかけてある。突きあたりのドアをノックし、返事を待って中に入った。大おばたちはいつもの場所にいた。部屋の中央に円テーブルがあり、中綿の詰まった椅子に背筋をぴんと伸ばして座っている。美しいテーブルクロスの上には、果物を盛ったデルフト焼きの青い鉢が置かれ、細長い窓には厚い深紅のカーテンがかかっていた。ぴかぴかの木の床は、ところどころ羊の毛のラグにおおわれている。なにもかも三年前とまったく変わらない。それは大おばたちも同じだった。二人は最高級の生地で仕立てた黒い服を着て、それぞれが金の宝飾品をたくさんつけていた。指輪もブローチもイヤリングも、何代にもわたって受け継がれてきた高価なものだ。どちらの女性も長身だ。姪（めい）の娘オーガスタよりもはるかに高い。そして二人とも、髪は頭頂部で小さくまとめていた。

オーガスタは温かく迎えられた。二人はまず彼女の全身を眺め、見た目や服装についていろいろ意見を言った。新しい緑色のコートとそれに合うワンピースをほめられ、オーガスタは少なからずほっとし、そこで初めてコートを脱いで二人の間に腰を下ろした。マールチェがおいしいコーヒーと〝アルクマールの男の子（アルクマール・ルゼヨンゲン）〟と呼ばれる小さなクッキーを持ってきてくれた。お土産にこれを買って帰ろうと考えたとき、頼まれていた伝言を思い出した。ときどき詰まったり、動詞を間違えたりしながらオランダ語でようやく伝えおわったとき、マリーナおばさんが、なかなか流暢だけれども、文法に残念なときがあるのでオランダに来てよかったわねとやさしく言った。二歳下のエマおばさんもさらにやさしく同じことを言い、幸い英語のアクセントもほんのかすかだわと付け加えた。

その後、オーガスタはあてがわれた寝室に行った。広くはないけれど、三階にあって、通りが一望できる。壁は白塗りで、家具調度は十九世紀のスタイルだ。ベッドには大おばたちの母親が結婚前に作ったパッチワークのカバーがかけてあり、壁にはさまざまな刺繍が額に入れて飾ってある。オーガスタは急いで荷ほどきをすると、腕いっぱいにお土産を抱えて階下に下りた。お土産をひととおり開けたころには、昼食の時間になっていた。

オーガスタの到着による興奮も夜には消え、翌朝には彼女の存在も大おばたちの日常の生活にすっかりとけこんでしまった。朝食後買い物に出たオーガスタは、あちこちの店をのぞきながら、通りをのんびり歩いた。まだ時間があったので、今度は計量所に向かった。今日は金曜日で、五月はチーズ市がたけなわだ。観光客が来るには少々早い時季だが、それでも小さな人だかりができていて、白いシャツと白いズボン姿で行ったり来たりするチーズ運び人を見ていた。彼らはカラフルな麦わら帽子をかぶり、二人一組でチーズを積んだ大きな湾曲したトレイを持っている。これまでに十回以上は見ているオーガスタだったが、今回もそのようすを楽しく眺めた。

数日はなにをするということもないまま、ゆっくりと同じように過ぎていった。それまでは大おばの友人たちがコーヒーやお茶を飲みにやってきたが、今度は車を借りてベルヘンに出向くことになった。おしゃれをした大おばたちが運転し、オーガスタは二人にはさまれて座った。ベルヘンは北海沿岸の砂丘のそばにある町で、そこに住む友人宅を訪問するのだ。出かける前、オーガスタは大おばたちに細かく服装を吟味された。彼女が着ていたのは、あっさりしたデザインのカラメル色のワンピースで、細いウエストには派手なチェーンベルトをつけた。アクセサリーには父親から贈られた翡翠のイヤリングを選んだ。どうやら合格したらしく、大おばたちは同時にほほえみ、うなずいていた。

友人というのは、遠い親戚にあたる年配の夫妻だった。オーガスタがシェリー酒を味わい、オランダ語で礼儀正しい会話をしていると、客間のドアが開いて若い男性が入ってきた。彼はオーガスタよりも少し上の二十五、六歳に見えた。友人の息子らしい。

「ピーテル・ヴァン・レーワイクです」彼は握手しながら言った。「でも、ピートと呼んでほしいな。もちろん君のことは聞いているよ。それに子供のころ、会ったことがあると思う」

彼は魅力たっぷりにほほえむと、オーガスタを窓のそばに導いた。二人は並んで立ち、広い道の向こうを眺めた。そこには草木が茂る地帯があり、小さな鹿が生息している。

「とってもすてきね。鹿が町の真ん中に住んでいるなんて」オーガスタはピーテルにほほえみかけた。

ピーテルがオランダ語で言った。「君はオランダ語が流暢だね。看護師だって聞いたけど、僕はつねづね看護師というのは野暮ったくて、いかにもご立派な女の子だと思っていたんだ」

オーガスタは眉をつりあげた。「本当に？　きっとあなたはあまり付き合いが広くないのね」

ピーテルが声をあげて笑った。「僕は君をほめたつもりなんだけど」

オーガスタは素直に受けとめることにした。だが、彼は自信過剰のように思えた。オーガスタはかわいらしく尋ねた。「それであなたの……お仕事は？」「僕はファッションカメラマンなんだ。だから、今のはほめ言葉なんだよ」ピーテルは彼女のグラスを受け取った。「シェリー酒のおかわりは？」

オーガスタはかぶりを振った。「あなたのお仕事について教えて。なんだかおもしろそう」

おもしろくなかった。ピーテルが話しはじめて数分で、彼に興味があるのは、美しいモデルと金もうけだけだと明らかになった。当然ながらオーガスタはランチの席でも彼の隣に座らされた。

ピーテルが不注意にも言った。「そういう長い丈のものは着ないほうがいいよ。ロングスカートは背が高くてやせた女の子のためのものだ。脚が長くて……」彼の視線がオーガスタの上をすべった。オーガスタは味わっていたクリームたっぷりのアイスプディングを彼の笑顔に投げつけたくなった。

そして英語で歯切れよく言い返した。「あなたほど退屈で鼻持ちならないうぬぼれやに会ったのは初めてよ！　私がなにを着るかなんて、よく指図できるものね……それに私の脚を批判するなんて！」

オーガスタは氷のような冷たいまなざしでピーテルにほほえみかけた。彼の顔がゆっくりと赤くなるのを見てうれしくなる。今のは不作法だけれど、それを言うならピーテルも同じだ。

「僕が英語に堪能なことは知らないんだろう？」ピーテルが硬い声で尋ねた。

「あら、その反対よ」オーガスタは小声で答えた。それからピーテルに向かってまつげをぱちぱちさせ、温かさのかけらもない笑みを浮かべながら、二人の会話を聞いていたかもしれない人たちに向けて言った。「このプディング、なんておいしいのかしら。ダイエットをしていなくて本当によかった」

まもなく一同は客間に戻り、オーガスタは家の主人とチーズの話に花を咲かせた。その後、大おばたちと帰る時間になり、全員が握手して別れた。そのとき、オーガスタはほんの一瞬、ピーテル・ヴァン・レーワイクの手を握った。

「さよなら、ピート。あなたと会えてとっても楽しかった」そして茶目っ気たっぷりににっこりしてから背を向けた。

アルクマールに戻る道で、オーガスタの両わきに座る老婦人たちが若い二人について話し合っていた。

「なんて感じのいい若者かしら」エマおばさんが言った。「あなたをデートに誘ったんじゃなくて?」

「いいえ、エマおばさん。彼は今夜ユトレヒトに帰るそうよ」大おばたちはがっかりしたようすだった。彼女たちはオーガスタにオランダ人と結婚してほしいと思っているのだ。「でも、またこっちに戻ってくると思うわ」その心やさしい言葉を受けて、大おばたちのうれしそうな顔が戻った。

もう少しで家に着くというとき、マリーナおばさんが少し気分が悪いと訴えた。オーガスタはその日の興奮と、いささかこってりした食事が原因だろうと考えた。それでも、いくつか質問をした。大おばたちは八十歳に近いし、なにかあっても遠慮して黙っている世代だ。マリーナおばさんは頭痛も指先のしびれもないと答えたが、オーガスタの早くやすんだほうがいいという言葉には同意した。そして自分のベッドに行く前に、オーガスタがもう一度ようすを見に行くと、とくに問題もなく、大おばはゆっくりやすめそうだと断言した。

ところが真夜中を過ぎたころ、オーガスタは取り乱したようすのエマおばさんに起こされた。「マリーナの具合が悪いの……死にそうなのよ」

オーガスタはベッドから出ると、とっさに大おばをなだめた。「大丈夫よ、エマおばさん」淡いピンクのネグリジェの上にそろいのガウンをはおって、ヒールのない室内ばきをはく。「私が階下(した)に行くわ」

それから髪をなびかせて階段を駆けおりた。厚い絨毯（じゅうたん）のせいで足音はしない。マリーナおばさんの部屋の外でいったん足をとめると、顔から心配そうな表情を消して、ゆっくり静かに足を踏み入れた。

マリーナおばさんの顔は真っ青だった。淡いブルーの目は開き、引きつった顔に汗が流れている。オーガスタはベッドに近づくと、大おばの手をとって脈をはかった。「マリーナおばさん……胸が痛む？」不安を浮かべる目がまばたきし、オーガスタが予期していた答えを伝える。「じっとしていてね……大丈夫よ。でも、ドクターを呼ばないといけないの」オーガスタは安心させるようにほほえむと、ドア口に現れたエマおばさんを振り返った。「私が電話する間、ここにいてほしいの。ドクターの番号は玄関ホールのテーブルにあった電話番号簿にある？」

エマおばさんがうなずく。オーガスタはさらに階段を下りて、受話器を取りあげ、ドクター・ヴァン・リンデマンの番号をダイヤルした。

電話に応（こた）えた声は、注意深く落ち着いたようすだった。相手は単に名前だけ言い、オーガスタが詳細を語る間、いっさい口をはさまなかった。彼女はできるだけ正確なオランダ語を話そうと気をつけたが、あとから考えてみると、いくつか動詞を間違えたかもしれない。とはいえ、相手はてきぱきと、十分後にそちらに行くと言ったので、意味は通じたはずだ。

オーガスタは階段を駆けあがった。マリーナおばさんの顔の汗とエマおばさんの涙をぬぐって、励ましの言葉をささやいてから最上階のマールチェの部屋に行き、状況を説明した。オーガスタが大おばの部屋に戻ろうとしたとき、玄関のドアベルが一回だけ遠慮がちに鳴った。ドクターだ。ふたたびオーガスタは狭い階段を駆けおり、ぱっと玄関のドアを開けた。高い天井からつりさがる照明に、ドクター・ヴァン・リンデマンの麦わら色の髪が白く見える。

オーガスタが何度となく思い描いた淡いブルーの瞳が彼女を見つめていた。「やあ、ミス・オーガスタ・ブラウン」オーガスタはなにも言えないまま、ドクターを上階に連れていった。大おばのことは不安だが、それでも突然の喜びを意識した。

　大おばたちは彼をよく知っているようだった。エマおばさんが涙ながらに挨拶した。「コンスタンティン、あなたが来てくれてよかった……姉が……」

　ドクター・ヴァン・リンデマンが思いやりあふれるほほえみを向けた。「マールチェとご自分の部屋に戻ってください。あとでそちらに行きますから」

　話しながらドクターは患者に目を据えたままベッドに近づいた。患者は彼を見あげて、かすかにほほえんだ。彼も温かくほほえみ返す。

「さっそく診察しましょう。なにがまずいかは予想がつきますが、確認しなければ。その上で、痛みを取り除いてよく眠れる薬を差しあげます。目覚めたときにはずっと気分がよくなっているはずですよ」

　オーガスタはドクター・ヴァン・リンデマンの補佐をした。制服を着ていなくとも、それが当然に思えた。彼もまたそう期待しているように見えた。診察を終えたあと、ドクターは鞄からモルヒネの薬瓶を取り出し、老婦人の腕に注射した。

「病院には絶対行きたくないわ」マリーナおばさんは弱々しいが、はっきりした声で言った。

「そんなことは考えていませんでしたよ」ドクター・ヴァン・リンデマンが言った。「ここに最高の看護師がいるのに、どうしてそんな必要があるんです？」彼はベッドの反対側に立つオーガスタを一瞥した。「しばらくここにいてくれないか？　僕は君のおばさんに話をしてくる」そして返事を待たずにドアの向こうに消え、やがてマールチェとともに戻ってきた。「マールチェがしばらくここにいてくれる。催眠剤を少し投与したので、ミス・ヴァン・デン・ポルも落ち着くと思う。マールチェの話では、キッチンにコーヒーがあるとか――これから階下でコーヒーを飲みながら、今後のことを相談しよう」

オーガスタは素直に彼に従った。レンジの上に熱いコーヒーポットがあり、鍋のミルクも膜にしわが寄っていた。ドクターは話しながら、カップと受け皿、砂糖の容器を取り出した。

「君のおばさんは狭心症の発作に襲われた――君が考えたとおりだ。軽くはなかったが、快復するだろう。五日も安静にしていれば、その後は徐々に元気を取り戻すと思う」

オーガスタはうなずいた。片手にコーヒーポットを、もう一方の手には鍋を持っている。

「ミルクの膜は好き？」オーガスタは質問した。

ドクターは笑いだしそうに見えた。「好きだよ。君は？」

「好きよ。あなたはお客様だから譲るわ」

二人はどこの博物館でも喜んで引き取ってくれそうな座面が藺草の木製の椅子に向かい合って座った。

「いつまでここに滞在する予定？」彼は思慮深く超然とした医師の顔に戻っていた。

オーガスタは質問に答えた。

「経過が順調なら、そのくらいあれば、彼女もまた起きあがれるようになるだろう。僕のほうも、君が帰る前に看護師を見つける時間がある。いつこっちに来たんだい？」

オーガスタはその質問にも答えた。それから深刻そうに付け加えた。「大おばは無理したわけじゃなかったのよ……もちろん二人は私に会えば喜んでくれるけれど、興奮するほどではないし」

「君が誰かを興奮させたかどうかについては、人によって意見が分かれるんじゃないかな」

ドクターの唇の端が引きつるのを見て、オーガスタの頬がピンクに染まった。すると彼がふたたび口を開いた。その口調は事務的だ。

「今夜、君はずっと起きていられるかい？　もうじきに朝になってしまうが」

オーガスタはうなずいた。「ええ、もちろん」

「今日、君のおばさんになにか変わったことはあっただろうか？　食べ物とか、心配事とか」

オーガスタは病棟で報告するときと同じように注意を払って一日の出来事を思い返した。けれども、車の中で気分が悪くなったほかは、たいしたことはわからない。オーガスタは立ちあがった。カップを流しに置き、ミルクとコーヒーポットをレンジの上に戻してから、二人で二階に引き返した。患者は眠っていた。ドクターはマールチェにキッチンでコーヒーを飲むよう勧めると、脈拍や血圧をチェックし、オーガスタに最後の指示を与えた。患者の顔はふたたび穏やかになり、血色もよくなった。

「マールチェを寝かせてやるといい。そうすれば、君も朝になって一時間かそこらは眠れるだろう」

オーガスタはそれは無理だと思いながらも、儀礼的に同意した。誰かが患者についていなければならないし、誰かが買い物に出かけて食事を調達し、エマおばさんの相手をしなければならないのだ。

マールチェがドア口に現れた。ドクターは最後にもう一度マリーナおばさんを診察して言った。「ニトログリセリンを少し置いていこう。また発作が起きても、君なら対処の仕方がわかっているだろうから。だが、そのときにはすぐに知らせてほしい」

ドクターは鞄を閉じ、帰ろうとした。オーガスタも彼のあとに従って階下に下りた。階段のふもとにある柱時計が五回打った。夜はもう終わりに近い。ドクターがドアを開けたとき、オーガスタは突然気づいて唐突に言った。

「あなたは私を見ても驚かなかったわ」

彼はドアに手をかけたまま立ちどまり、その夜初めて英語で答えた。「君の声だとわかったから」

「でも、私はオランダ語を話したのに」

例の唇の引きつりがちらりと現れた。「いいかい、僕には君の声がわかるんだ。君がどこにいても、どこの国の言葉を話していようとね。そういえば、君にオランダ語の動詞について少しレッスンをしてあげないといけないな。めちゃくちゃだったぞ！」

ドクターは夜明けの薄明かりの中にオーガスタを残して立ち去った。オーガスタは今の彼の言葉をじっくり考えたかったが、その暇はなかった。

ドクター・ヴァン・リンデマンが三時間後に来るというので、それまでの間に家の中のことを取りまとめた。七時をまわったころにマールチェが階下に下りてきて、大おばに付き添った。オーガスタは大急ぎで入浴と着替えをすませると、髪をリボンで一つにまとめ、急いで大おばのもとに引き返した。途中でエマおばさんの部屋をのぞいた。彼女はまだ眠っていた。あと数時間は眠っていてくれればいいのだけれど。たしか家事を手伝ってくれる通いの女性が、週三日来ているはずだ。もし毎日来てくれるよう頼めるなら、マールチェも買い物に出かけたり料理をしたりする時間が持てるし、私もエマおばさんの相手をしながら、マリーナおばさんの世話ができる。この提案はマールチェにも受け入れられた。ミセス・ブロムはまもなくやってくるはずだから、そのときに相談することになった。

マリーナおばさんが目覚める気配を見せた。先ほどオーガスタは彼女の脈を確認したが、状態はよくなっているとわかった。顔色も戻り、肌も乾いて、かすかに温かい。部屋の片づけに取りかかったオーガスタは、途中で手をとめて鏡に映る自分の顔を見た。少し青ざめ、おしろいも口紅もつけていない顔はとても幼く見える。髪をつまんでねじってみた。ひどいものだ。ドクター・ヴァン・リンデマンが来る前にきちんとまとめる時間はあるだろう。そう考えたすぐあとに、ドクターの軽やかですばやい足音が階段をのぼってきた。

「おはよう、僕のいとしいミス・ブラウン」ドクターは淡いブルーの瞳でオーガスタを頭のてっぺんから爪先まで眺め渡したが、なにも言わずにベッドに向き直り、老婦人の手首をとった。「今にも目覚めそうに見えるな」

「三十分前に、身じろぎをしたわ」オーガスタは言った。「でも、起こさなかったの」

「それでよかったよ。今日は点滴を投与しよう。できるだけ動かさないように——顔を洗ったり食事をとったりするときには、君がついていてくれ。角にある薬局のヴァン・ディーク宛にメモを書いておこう。彼が必要なものを用意してくれるはずだ」

ドクターがベッドを振り返ると、マリーナおばさんのブルーの目が彼を見つめていた。続く五分間、彼はこれまでの経過と今後の治療について、静かに細かく説明した。マリーナおばさんがほほえみを浮かべてささやいた。

「とんでもない迷惑をかけてしまったわ、コンスタンティン——ごめんなさいね。それにかわいそうなオーガスタ、せっかくの休暇なのに」彼女が眉をひそめる。「もしかしたら私は病院に入るべきかも」

オーガスタはかぶりを振った。「いいのよ。私はおばさんのお世話がしたいんですもの」

大おばがふたたびほほえんだ。「いい子ね。でも、あのピーテルはどうするの？　もし彼があなたをデートに誘ったら？」

オーガスタは自分の顔が赤くなるのを感じて、いらだった。ドクターがこちらを見つめている。「言ったでしょう、マリーナおばさん、彼はユトレヒトに戻ったのよ」

「あら、そうだったかしら。だったら……あなたが世話をしてくれるならうれしいわ、オーガスタ」

立ち去る支度をしながら、ドクターがあっさりと言った。「あとは有能な彼女にまかせますよ、ミス・ヴァン・デン・ポル。ミス・ブラウン、よければ玄関まで送ってくれないか」

この高飛車な要請にも、オーガスタは素直に従った。大おばについて話があると思ったからだが、そうではなかった。階段の途中でドクターが尋ねた。

「ピーテルって誰？」

オーガスタは足をとめた。彼は振り返り、模様が刻まれた木の手すりにもたれている。

「そんなこと、あなたに関係ないでしょう」

ドクターが金色の眉をつりあげる。「もちろん、関係あるさ。ボーイフレンドに会えないせいで君が憔悴（しょうすい）するなんて、僕としてもいやだからね」

「彼は私のボーイフレンドじゃないわ」いらだちのあまり、オーガスタはつい言い返した。「昨日ベルヘンで会った最高に失礼な人よ。モデルや服を撮影するカメラマンで、うぬぼれていたわ」言葉を切って憤慨の息を吸いこむ。「彼は……私の服装にけちをつけたのよ。スタイルがよくないからって……」口を閉じて怒りをのみこみ、階段の下にいる男性を見おろした。笑いたければ笑えばいいわ！

ドクターは笑ったりはせずにやさしく語りかけた。「僕はてっきり君のスタイルなら……どんな突拍子もない流行でも着こなせると思っていたが」そして興味ありげに付け加えた。「彼をやりこめたんだろう？」

オーガスタの緑色の目が満足そうに輝いた。「ええ。退屈で鼻持ちならないうぬぼれやねって言ってやったわ」

ドクターが考えこむように彼女を見た。「僕の知り合いにそのピーテルはいないと思うが、心から彼に同情するよ。どうやらまったく見こみがないみたいだからね」彼は背を向け、階段を下りはじめた。

「今夜もう一度おじゃまするよ。じゃあ(ダッハ)」

ドクター・ヴァン・リンデマンが行ってしまうと、家が空っぽになったようだった。彼が大男で、ここにいると小さな部屋が窮屈に感じられるからに違いない。オーガスタは無意識にため息をついていた。

その日はつつがなく進んだ。マリーナおばさんはさらに快復し、エマおばさんは姉が大丈夫そうだと確信すると、すっかり気分も明るくなって雑用を手伝ってくれた。ミセス・ブロムも進んで協力してくれたが、それでもやはりオーガスタは一時間も眠れなかった。夕方ごろには眠気が押し寄せ、まるで夢の世界にいるような気分で、まわりの声もぼんやりとしか聞こえなくなった。マリーナおばさんがうとうとしはじめ、マールチェとエマおばさんが夕食の支度をしにキッチンに下りていくと、オーガスタもついに抵抗をやめた。だが、玄関のドアベルが鳴り響き、なんとかまぶたを持ちあげた。階下の足音に耳を傾けたが、キッチンの女性たちには聞こえなかったようだ。ドクターなら、ドアを開けて階段をのぼってくるはずだ。オーガスタはあくびをしながら階段を下り、玄関に向かった。ドアの外には少年がいて、大きな笑みとともに巨大な花束を差し出した。山吹色のチューリップの花が何十とある。オーガスタは花束を受け取ると、チップを手渡し、静かにドアを閉めた。そしてチューリップを抱えて、ふたたび階段を上がった。大おばのようすを確認してから、花の間に挿してあった小さな白い封筒に注意を向ける。そこにはオーガスタの名が、先ほどの薬局宛のメモと同じ乱雑な筆跡で書かれていた。彼女は封筒を開けてカードを引っ張り出した。

〝もし君が車で近くに出かけてもいいというなら、明日の午後二時に迎えに行く〟

C・ヴァン・リンデマンと署名してある。もう一度目を通し、本当に彼が書いたものかどうかを確認した。たしかにそのようだ。オーガスタはこの味もそっけもない誘いに少々面食らっていた。とはいっても、自分が承諾するのはわかっている。今度彼が来たときに、この話題が出るだろうから、そのときにちょっと横柄じゃないかと伝えよう。ドクター・ヴァン・リンデマンについて知りたいことはたくさんある。ここに診療所があるということは、たぶん彼はアルクマールに住んでいる。ロンドンにも家がありそうだ。レディ・ベルウェイは名付け親だそうだけれど……スーザン・ベルサイズはどこに当てはまるのだろう？　想像をめぐらすことに没頭するあまり、大おばの声がしたときにはぎょっとした。

「きれいなお花ね！　あなたに届いたんでしょう、オーガスタ？」

オーガスタはそうだと認めた。贈り主が誰かを知りたがる大おばに、彼女は気のないようすで答えた。

「実はドクター・ヴァン・リンデマンからなのよ」

マリーナおばさんがつぶやいた。「やっぱりね。早く水につけなさい——ちょっとの間、私のことはほうっておいても大丈夫だから」

オーガスタはそのとおりにした。古い家に鮮やかな色と香りがあふれた。

その夜、ドクター・ヴァン・リンデマンが診察にやってきた。彼はマリーナおばさんが快方に向かっていると断言し、続く数日はなにもしてはいけないと付け加えた。オーガスタは玄関まで彼に付き添い、いくらか冷ややかな態度で言った。というのも、ドクターが明日の外出についてまったく触れなかったからだ。「お花をありがとう——うちじゅうがチューリップであふれているわ」

ドクターは輝くまなざしを向けたが、なにも言わなかった。そしてドアを開けると、体を傾けてオーガスタの唇にそっとキスをした。彼女が息つく間もなく、彼は出ていき、ドアが静かに閉まった。

もう疲れは感じなかった。オーガスタは大おばの部屋に戻って、許可の出た少量の夕食を食べさせ、しばらくマールチェに交代したあと、ふたたび大おばの部屋に戻った。ところが老婦人が悲しげなようすなので、弱々しい手をとって安心させるように握り締めた。「どうしたの、マリーナおばさん？　なにが心配なの？」

大おばはためらった。「ほんとに私がばかなのよ。でも、ここに一人取り残されるのがちょっとこわくなってしまったの。夜の間だけだとしても」

「一人にしないわ」オーガスタは即座に言い、期待していた睡眠をあきらめた。マリーナおばさんが寝ついたあとは、向かい側の小さな部屋でやすめるのではないかと漠然と考えていたが、そうはいかない。

「そのつもりだったのよ」オーガスタは嘘を続けた。「お風呂に入って着替えたら戻ってくるわ。この椅子でゆっくりくつろぐつもり。手紙を山ほど書かないといけないし。マールチェに話してくるわね」

この話を聞いて、マールチェもそれしかないでしょうと言って同意した。「ミス・ヴァン・デン・ポルが眠れば、あなたも少しは眠れるかも」彼女は期待するように言った。「ドクターがあなたを外に連れ出そうって決めてくれてよかったわ。あなたにはちょっとした外出が必要ですもの」

オーガスタは飲んでいたコーヒーを喉に詰まらせた。「あら、彼は私になにも言わなかったけど」

「とにかく、もうすべて段取りはついたのよ。ミセス・ブロムが五時までいてくれるので、私がミス・ヴァン・デン・ポルに付き添うの。ドクターが万が一のために、ほかのドクターの電話番号を渡してくれたし、あなたはなんの心配もいらないというわけ」マールチェは大きな笑みを浮かべた。「あなたがここにいて本当によかった。私たち三人ともすっかり年寄りでしょう。具合が悪くなったら、自分たちの面倒を見るのもむずかしいものね」

その夜はとても長かった。疲れ果てていたが、オーガスタは空元気を出して、ときおり大おばとおしゃべりしながら、数通の手紙を書いた。やがて大おばが安心して目を閉じたので、オランダ語上達のために読書をすることにした。まずはテレグラーフ紙に目を通し、次にマールチェから借りたペーパーバックを開いた。だが、すでに英語版を読んでいたと気づいて、ベッドわきのテーブルにあった大おばの本を手にとった。聖書とオランダの詩人ヤコブ・カッツ、突然変異説を唱えた学者ド・フリース、作家フォンデルの著作がある。そこでカッツとフォンデルを選び、代わる代わる読んだ。

夜中の一時にもなると、十七世紀の詩にも飽きてきた。大おばはすやすや眠っている。オーガスタはキッチンに下り、食べるものとコーヒーを二階に運んだ。おかげで元気になってあらためてカッツを取りあげたが、まもなく本を閉じて、ぼんやり考え事にふけった。ほとんどはドクター・ヴァン・リンデマンのことで、そのうちだんだんもうろうとしてきた。すでに彼のキスは忘れようと自分に言い聞かせていた。初めてのキスでもないし、とくに意味はない。それでも、あのキスが奇妙な影響をおよぼしていると思うと、どうにも落ち着かない。どういうことなのかを考えるうちに、夢見心地で眠りに落ちた。

一時間後、目が覚めた。五時に近く、夜明けがランプの明かりを暗く見せている。オーガスタは立ちあがり、あくびをして伸びをした。これまで以上に疲れを感じる。お茶をいれ、りんごを食べたあと、顔を洗ったり着替えたりした。その間も患者のようすを確かめに何度も引き返した。

最初の弱い太陽の光が外の通りにさしこんだころには、大おばのベッドわきの椅子に戻っていた。その三十分後に目覚めた大おばは、気分もすっかりよくなっていた。ドクター・ヴァン・リンデマンが診察にやってきたとき、ちょうどキッチンにいたオーガスタが玄関のドアを開けた。彼は挨拶してから落ち着き払ったまなざしでオーガスタを見た。

「今朝は精彩がないんだな」彼はどこか悦に入った雰囲気をまとっていた。睡眠と食事をじゅうぶんにとり、自分自身に満足しきったようすだ。

オーガスタは眠れなかった夜を苦々しく思い返し、動詞や時制が混乱したオランダ語で冷ややかに言った。「大勢いる知り合いの誰かと私をごっちゃにしているみたいね」

この言葉に、なぜかドクターは大笑いした。「それは絶対にない。君をほかの……女性とごっちゃにするわけがない」彼の視線が赤い髪に向けられたので、オーガスタの顔は怒りでピンクに染まった。だが、彼女が言い返す前にドクターは医師らしいそっけない態度で尋ねた。「僕たちの患者は?」

ドクターが入念に診察する間、オーガスタも看護師に戻ってベッドわきに立っていた。彼は起きあがりたいと訴える老婦人に、しばらくは言われたとおり安静にしているようにと言い聞かせた。

「午後、僕はミス・ブラウンを連れて外出するつもりです」ドクターはさらに続けた。「その間も、あなたがちゃんと世話を受けられるように段取りもつけましたから。二時に彼女を迎えに来ます」

彼はオーガスタを見てにっこりした。オーガスタはベッドの反対側からしかめっ面をした。私の返事も聞かないうちに、すべて決めてしまうなんて。

ドクターは彼女の険悪な顔にも動じず、明るく言った。「それでは二時に」そして彼は立ち去った。

オーガスタは大急ぎで支度をしなければならなかった。髪を凝ったスタイルにまとめたかったがかなわず、メイクにもほんの数分かけた程度だった。二時五分前にドアベルが鳴ったのを意識しながら、ベルヘンに着ていったワンピースを着た。居間に入っていったとき、遅刻に対してなにか言われると思ったが、ドクターはエマおばさんに礼儀正しく挨拶しただけだった。外の狭い通りに大きなロールスロイスがとめてあった。ドクターはゆったりした座席にオーガスタを座らせると、自分も隣に乗りこんだ。彼をひどく意識するあまり、オーガスタはつい口走った。「すてきな車ね。でも、アルクマールでは不便じゃない？　こんな狭い通りばかりなのに」

「往診のときには使わないよ。ミニがあるから。だが、長距離を走るときには役に立つ。それに、きれいな女の子を乗せるときには」

オーガスタはいくらか息切れしたように言った。

「気分を盛りあげてくれてありがとう。でも、私はきれいじゃないから」

ドクターは大型車をゆっくり進めて広い通りに入り、聖ローレンス教会の前を過ぎてベルヘンにいたる道に進んだ。そのときになって、彼は口を開いた。

「その点については僕に判断させてほしいな」そのあとはどりとめのない話が続いた。オーガスタは彼の声が好きだったし、今はこれほど静かで心安らぐ声はないと思った。しかも眠くてたまらない。これ以上開けていられないほどまぶたが重くなった――ほんの一瞬だけでも閉じずにはいられない。

次に目を開けたとき、オーガスタはドクターの腕の中にいた。頭は彼の肩にある。彼女は背を起こして、手で髪を整えた。「ああ、いやだわ、ごめんなさい。眠ってしまうつもりはなかったのに」

窓の外を見ると、そこは大きな屋敷の前の砂利敷きの駐車スペースだった。

「あの……ここはどこなんでしょう？」

「アルクマールだよ」

オーガスタはあたりを見まわしてから、ほっとしてドクターを振り返った。「あら、じゃあ、まだ出発してもいないのね」

ドクターがすばらしいほほえみを浮かべた。「その逆だ。僕たちは国じゅうをまわってきたんだから。ベルヘン、スクール、それから運河を渡って、スハーヘン、ベニングブルク、ホールン経由でアヴェンホルンまで行った。別に急いでいなかったからね」

目に涙がちくちくするのを感じて、オーガスタは恥じ入った。「ごめんなさい」鼻をくすんと鳴らす。

「一晩じゅう起きていたんだろう？」ドクターの声があまりにやさしく、オーガスタは涙と格闘した。

「そこに思いいたるべきだった。僕に話す気にはならなかった？」

オーガスタは正直に答えた。「ええ。外出できるのはありがたかったし、起きていられると思ったの。私……楽しみにしていたのよ」

「僕もだよ」

「午後が無駄になってしまったわ。私が隣でいびきをかいているのに、どうしてほうっておいたの？」

「無駄じゃなかったよ。君がいつ起きるかわからないんだし」

「でも、起きなかったわ。私はあなたの午後をだいなしにしてしまったのよ。私……帰ったほうがいいと思うの」

「なにを言っているんだ。ここにはお茶を飲みに立ち寄ったんだよ」彼は今にも笑いだしそうだった。

「どこで？」オーガスタは目の前の美しい屋敷を心もとなげに見た。「ここでじゃないでしょう？」

「どうして？　ここは僕の家だ」

オーガスタは不安そうに言った。「ずいぶん立派だわ」

ドクターは真顔でただあっさりと言った。「そうかな？　もしかしたらそうなんだろう。でもここは僕のうちだし、何世代にもわたって住んできたんだ。

そう考えれば、立派すぎることもないだろう？」

「そうね。お茶をいただきたいわ、ありがとう」オーガスタは背筋を伸ばした。「ひどい姿でしょう？」

ドクターがため息をつき、やさしく言った。「どうした、いとしいミス・オーガスタ・ブラウン？」

オーガスタは鋭く言った。「あなたはいつも私をそういうふうに呼ぶのね。私の名前はミス・ブラウンだけど、ほとんどの人はオーガスタと呼ぶわ。でも、誰もそんな言い方で呼ばないわよ。まるで私が人と違うみたい」

「だが、違うんだ」ドクターは物憂げに言った。その小さな笑みを見て、オーガスタはからかわれているのだと思った。

ドクターは車を降りると、オーガスタのためにドアを開けた。二人は砂利敷きのスペースを横切って階段をのぼり、半円形の明かり取りのある立派な模様が刻まれた木製の扉の中に入った。

4

まさにオーガスタが想像していたとおりの玄関ホールだった。黒と白のタイル張りの床に、暗い色の板壁、美しい漆喰の天井。中央にあるオーク材のテーブルは玉脚と呼ばれる装飾的な脚からフランドルで作られたものだとわかる。華麗な彫りの巨大な胡桃材の棚があり、その両わきには椅子が置かれていた。オランダ統治下時代のインドネシアで作られたものだろう。黒檀の背もたれはまるく湾曲し、座面は青いベルベットだ。反対側の壁際に置かれた大理石の天板のテーブルには、ヒヤシンスを生けたデルフト焼きの壺があった。その上には金箔を張った木枠の大きな鏡がかかっていた。ホールの奥には階段があり、途中の踊り場から左右に分かれて上階に通じている。どの家具も博物館にあるようなものだが、それでいてこの古い屋敷に博物館の雰囲気はない。美しくて快く、住み心地がよさそうだ。オーガスタが振り返ってこの屋敷の主人にそう言おうとしたとき、上階のどこかから甲高い声が聞こえてきた。

「パパ、パパ！」四、五歳の幼い少女が階段を駆けおりてきて、途中で二人を見た。「こんにちは……」そのあとの足取りはすっかり遅くなった。

ドクター・ヴァン・リンデマンが少女に近づいて高く抱えあげ、そっとキスをした。「ミス・オーガスタ・ブラウンを紹介しよう、ヨアンナ」

おちびさんは素直に小さな手を差し出した。握手に応じたオーガスタは、ホールに面したドアの一つに導かれた。どうやらそこは客間のようで、とても豪華だった。壁にはタペストリーがかかり、金箔張りの柱にはさまれた大理石の暖炉は手のこんだ彫刻が施されている。漆喰の天井は玄関ホールと同じく美しく、板張りの床のほとんどは薄い絹織り絨毯(じゅうたん)におおわれていた。オーガスタの中で疑問が渦巻いていた。スキップしながら窓辺に向かった少女は誰なのだろう？　ドクターはなにも言わなかったけれど、少女は〝パパ〟と呼んでいた。オーガスタは落胆した。彼はきっと結婚していると何度も自分に言い聞かせた。でも、こうして証拠を突きつけられると、なかなか受け入れがたい。いずれはっきりさせなければ。このままでは心が休まらない。すると、ドクターが大事な電話をしなくてはならないと言って部屋を出ていった。ドアが閉まるとすぐに、オーガスタは窓のほうにのんびり歩いていった。外には伝統的な左右対称のオランダ式庭園が広がっていた。

「まあ、すごくきれい！」

ヨアンナが少し近づいてオーガスタを見あげ、幼い子供ならではの率直さで言った。「あなたのことは気に入ったけど、その髪はおもしろい色ね」

「ありがとう、ヨアンナ」オーガスタは笑わないように努力した。「私もあなたはいい人だと思うわ。あなたは誰の娘さんなの?」

少女は目をまるくしてオーガスタを見つめた。

「もちろん、パパよ」

「それでママは?」オーガスタはやさしくうながした。はしたないまねをしているのはわかっていた。

「ママはパリにいるの」

オーガスタは深紅のチューリップの花壇を見つめ、ミス・ベルサイズがパリにいるのを思い出した。まさかそんなことはありえない。でも、本当にありえないかしら? 私はドクターとスーザン・ベルサイズが一緒にいるところを見ている。気の置けない昔からの友達か、夫婦のようだった。きっとミス・ベルサイズは女優で、結婚前の姓を使いたいのだ。これもばかげた考えだけれど、ばかげて見えることが、さほどばかげていないときもある。

「お話ししないの?」小さな声が非難した。

オーガスタはあわてて取り繕った。ドクター・ヴァン・リンデマンが客間に戻ってきたころには、ヨアンナが大人になったらどんなドレスを着たいかという話で盛りあがっていた。

ドクターはオーガスタの真向かいの椅子に座ると、即座に言った。「どうした? まるでたった今ひどい知らせを聞いたみたいな顔じゃないか」

あれはまさにひどい知らせなのだと気づいて、オーガスタはショックを受けた。

淡いブルーの目がオーガスタの目をとらえた。

「今は見当もつかないが……いずれわかる」ドクターは突然にっこりすると、ヨアンナに注意を向けた。

少女は窓際の安楽椅子に座っている。彼は小さなスツールを引き寄せた。「こっちに来て僕の隣に座りなさい、ヨアンナ。その椅子をだめにしたら、僕たち二人ともヤニーに八つ裂きにされるぞ」

彼が話している最中にドアが開き、小柄で太った女性がお茶のトレイを持って入ってきた。「なんてくだらないことをおっしゃるんです、ドクター。私が威張り散らしているみたいじゃないですか」

ドクターが大笑いし、オーガスタを見やった。

「こちらはうちの家政婦で友人のヤニー……ミス・ブラウンは大おばさんのミス・ヴァン・デン・ポルの家に滞在しているんだよ、ヤニー。イギリスから来たんだが、彼女のオランダ語は悪くない」オーガスタはむっとしたが、ドクターが先を続けた。「お茶をついでくれないか、オーガスタ？」

三人は田園風景が描かれたアムステル陶器のカップでお茶を飲み、そろいの皿にのる薄いサンドイッチと小さな焼き菓子を食べた。庭や鳥、動物の話題になると、ヨアンナがオーガスタに尋ねた。

「動物を飼ってる？」

「ええ、犬が三匹に猫が二匹、ろばが一頭いるわ」

オーガスタがボトムについて話す間、ドクターは椅子にもたれて二人を見つめていた。

お茶を飲みおわるころ、オーガスタの背後でドアが開いた。ヨアンナがスツールから飛びあがり、声をあげて走っていった。「パパ、パパ！」

オーガスタがぱっと顔を上げると、ドクターと目が合った。勘違いを思って、顔がピンクに染まる。彼の興味深げな視線を受けて、顔はさらに赤くなった。オーガスタが目をそらす前に、ドクターの表情が変化した。彼はけげんそうに目を細めてオーガスタを見つめたあと、体をゆすって笑いだした。

「そうか、うっかりしていたよ！　つまり、それがひどい知らせだったのか。そんなにうしろめたい顔をしなくてもいいんだ。僕が君の当てはめた役柄にぴったりだったというだけなんだから。その豊かな想像力に応えられなくて、本当に残念だよ、僕のいとしいオーガスタ。残念ながら、僕はヨアンナのおじでしかないんだ。君の最悪の予想にもかかわらず、あの子の母親は名実ともに弟の妻だよ」

ドクターがおもしろがっているのか、いらだちを押し隠しているのかわからず、オーガスタは言葉もなく座っていた。運よくヨアンナと父親が近づいてきた。その男性はドクターにそっくりだが、彼より若く、彼ほど上背も肩幅もない。ドクターが立ちあがって二人を引き合わせた。

「オーガスタ、こちらは弟のハイブだ。しばらく僕の家に滞在している。ハイブ、彼女はイギリスから来たミス・オーガスタ・ブラウン。ミス・ヴァン・デン・ポルは彼女の大おばさんにあたるんだ」

ヤニーが新しいお茶を持ってきたので、一同はふたたび座った。その後、オーガスタは壁際の置き時計を見て、ぱっと立ちあがった。もう五時に近い。

「こんなに遅くなっていたなんて……申し訳ないけれど、もう帰らないと。おばたちが……」

ドクターも立ちあがっていた。「五分で帰れるよ」彼はやさしく言った。「車は外にあるし」

「いえ、だめよ。その必要はないわ。すぐ近くなんでしょう？　私は――」

その言葉はかすかないらだちとともにさえぎられた。「どのみち、僕も君のおばさんを診察しなければいけない。君も車に乗ればいい。もっとも、歩くほうがいいというなら……」

彼にからかわれているのだとわかって、オーガスタはつんとした。「ありがとう。乗せていただけるならありがたいわ」

ヨアンナに別れの挨拶（あいさつ）をするときには、また会えたらいいわねとは言わなかった。二度目の訪問をもくろんでいるなどとドクターに思われたくなかったからだ。短い距離を車で行く間、二人は黙りこんでいた。大おばの家に一緒に入ったときも無言だった。

オーガスタが階段に向かおうとすると、ドクターに腕をつかまれた。

「君はいつも逃げ出すんだな。アーチーがどうやって君と付き合っていけるんだかわからないよ」

　オーガスタはすっかり困惑して彼を見た。「どうしてアーチーのことを知っているの？」

「僕はエジンバラでウェラー‐プラットと一緒だった。アーチーは彼の下にいる研修医だろう」

「あなたは私にレディ・ベルウェイの退院について尋ねたわ」オーガスタは言葉を切り、いくらかけわしい口調で先を続けた。「ききたいことなんてなにもなかったのね。ウェラー‐プラット先生をよく知っているなら、直接彼にきけばすむんですもの」

　ドクターが愛想よく認めたので、オーガスタはかっとなった。理由を尋ねようとして口を開いたところで、考え直してまた口を閉じた。

「それでいい」ドクターはなおも愛想よく言った。「尋ねるな。僕も答えていいものか確信が持てずにいるから。君は運命というものを信じる？」

「信じていると思うけど」

　彼はおもしろがっているように見えた。「ずいぶんいやそうに言うんだな。だが、少なくとも一つは意見が一致したわけだ。さて、階上に行こうか」

　マリーナおばさんは二人を見て喜んだ。診察の結果は上々で、ドクターはオーガスタに新たな指示を与えたあと、椅子に座って患者の話し相手を務めた。

　お役ごめんとなったオーガスタは、自分の部屋に戻り、時間をかけて顔と髪を直した。ドクターがいる間は大おばの部屋に戻りたくはない。でも、それではあまりに臆病だ。いずれマリーナおばさんにも、私がドクター・ヴァン・リンデマンの車の中で眠ってしまったと言わなければならない。ドクターは言いふらすような人ではないし、やはり私の口から伝えるべきだろう。オーガスタは階段をゆっくりと下りてマリーナおばさんの部屋に入った。

ドクターは今、大おばのベッドの向こうのヴィクトリア朝の婦人用椅子に座り、まっすぐオーガスタを見つめた。「君のおばさんは、君がこの国をどう思ったか聞かせてほしいそうだ、オーガスタ」

つまり、彼は話していないということだ。オーガスタはごくりと唾をのみ、いきなり切りだした。

「私は眠っていたから……ずっと」マリーナおばさんの顔に浮かぶ表情が見えた。「許されないことだけれど、ドクター・ヴァン・リンデマンは……親切にも見逃してくれたの。でも、お茶の時間には目が覚めたのよ」下手なブリッジのプレーヤーが切り札を出すように、希望をもって付け加えた。

大おばが静かな声で叱責した。「オーガスタ、ひどいじゃないの」

ドクターが口をはさんだ。「悪いのは僕ですよ、ミス・ヴァン・デン・ポル。オーガスタはおとといの夜からほとんど寝ていないんですから。そこに気づかなかった僕が悪いんです。あなたもずいぶんよくなったので、今夜オーガスタには隣の部屋で眠ってもらいましょう。彼女が僕を許してくれて、また一緒に外出してくれるといいのですが」

オーガスタはドクターの穏やかなまなざしを受けとめた。二度と彼と外出するつもりはない。緑色の目でそう伝えると、彼は大おばに言った。

「しあさってはどうでしょうか。僕は午後、暇になるので。新鮮な空気を吸いに出かけるのは、彼女にとっていいことだと思いますよ」

大おばが同意し、二人がそろってオーガスタを見たので、彼女もほほえむしかなかった。マリーナおばさんが言った。「コンスタンティンを玄関まで送ってさしあげて、オーガスタ」

オーガスタはしぶしぶ立ちあがった。「これから大おばのためにあれこれしないといけないの。ここで失礼してもいいかしら?」
これは役に立たなかった。ドクターはこう言って
オーガスタを怒らせた。「もちろん、よくないよ。
それに、君に言い忘れたことがあったんだ」
オーガスタはひと言も言わずにドアに向かった。
もしかしたらマリーナおばさんに関する重大な話か
もしれない。だが、玄関に着いても彼が黙っている
ので、オーガスタも尋ねるしかなくなった。「私に
お話があるんでしょう、ドクター?」
彼はドアを開けた。「ああ、そうだった、いとし
いミス・ブラウン。君はいびきをかかないよ」
翌日、ドクター・ヴァン・リンデマンは十一時に
なるまで姿を見せなかった。睡眠をとり、じっくり
考える時間もあったので、オーガスタも自分が愚か
なふるまいをしたという結論に達していた。きっと
彼もおもしろがっていたに違いない。彼のガールフ
レンドがみんなスーザン・ベルサイズのようだとし
たら、私はとてつもなく野暮ったいだろう。きっと
彼は退屈していて、スーザンのいない間の暇つぶし
として、美人じゃなくても私のような新顔と過ごす
のも悪くないと考えたのだ。なんともみじめで落ち
こむ考え方だけれど、聖ユダ病院に戻れば、私も彼
のことなどすっかり忘れてしまうだろう。
今日はドクターに礼儀正しく接しようと気をつけ
た。話しかけられたときには〝はい、ドクター、い
いえ、ドクター〟とおとなしく答えた。診察が終わ
って階段を下りていくとき、ドクターが途中で突然
振り返り、オーガスタは彼の胸に倒れかかった。
「いったいどうしたんだ? こんなにおとなしい君
は初めてだよ。気分がよくないのかい?」
「気分って? いいに決まっているでしょう。礼儀
正しく、プロに徹しようと思っただけよ」
ドクターは不審そうに目を細めてオーガスタをじ

っと見つめた。「だったら、どうして突然そんなふうに思った？　そうか、考える時間がたっぷりあったから、また妙な考えにはまったんだな」彼の声が思いがけずやさしくなった。「いいかい、いとしいオーガスタ・ブラウン、これはきわめて単純なことだ。僕たちはイギリスで出会った。友達になったとは言えないが、とにかく出会った。そしてこうして再会した。君がここにいる間、一緒に出かけたって問題ないだろう？　別にアーチーに——ほかの誰にも——害がおよぶことはない」彼はため息をついた。「君はとんでもない間抜けだな」

ドクターはオーガスタの頬にそっとキスをすると、階段の残りを軽やかに駆けおり、立ち去った。あとに残された彼女はただ呆然（ぼうぜん）としていた。

夜、診察に来た彼は、すべて忘れてしまったように見えた。話といっても天気について触れたくらいで、そつなくふるまっているという感じだった。オーガスタは落胆し、いらだった。あさっての外出を断ろうかとも考えた。でも、それはだめだ。断ったら、ドクター・ヴァン・リンデマンのことは永遠にわからない。今後ロンドンで彼と会うとも思えない。だったら、今のうちに彼について知っておきたい。

翌朝ドクターが往診にやってきた。彼は帰り際、今日はもう診察の必要はないと言った。「明日は昼前に来るよ。忘れずに用意しておいてくれ」

オーガスタは息巻いた。「忘れたことなんてないわ。あなたの患者がいつそんな——」

「僕は君のことを言ったんだ」ドクターが穏やかにさえぎった。「二人でランチを食べに行こう」

オーガスタはかすかに顔を赤らめた。「ああ、そういうことね。楽しみにしているわ」

「君はいつイギリスに帰るんだ？」

オーガスタはいくらか驚きに似たものを感じた。

「三日後に。付き添いの看護師はどうしましょう？

私は予定を動かせないし」

ドクターがオーガスタをちらりと見た。彼女には理解しがたいまなざしだった。医師であれば、当然わかっているはずだ。会社勤めなら、電話をかけて一日か二日、休みを延ばしたいと言えばなんとかなるだろうが、看護師はそうはいかない。

彼はゆっくりと言った。「ああ、それなら大丈夫。それで君が戻るのは外科病棟？　君は特別病棟があまり好きじゃなかったね？」

「ええ。でも、准将やレディ・ベルウェイのことは好きだったわ」

「彼女も君が気に入っていたよ」

「どうしてかしら。休暇の前にレディ・ベルウェイのお宅に招かれてお茶をいただいたけど」

ドクターがにっこりした。「ああ、知ってる。彼女が手紙をくれたから。内容については言うつもりはないよ。僕たちはそこまでおたがいをよく知っているわけじゃない」彼は鞄を取りあげた。「あと何軒かまわるんだ。なにかあれば連絡してくれ」

ドクターがうなずき、ドアを開けた。オーガスタは彼がオースチンのミニに乗りこんで走り去るまでドアを押さえたままでいた。

翌日は雨だった。細かい雨がしとしと降り、北海から冷たい風が吹いてくる。十一時半には、雨はやみそうにないとわかった。きっとドクターも外出を取りやめるだろう。相手に興味があれば天気も気にならないだろうが、そうでなければ雨の日の遠出はあまり楽しくはない。私は天気が気にならない。でも、ドクターが同じ気持ちとは思えない。スーザン・ベルサイズが相手なら話は別なのだろうけれど。

オーガスタがマリーナおばさんに新聞を読んで聞かせているとき、階段を上がってくるドクターの足音が聞こえてきた。正午に近い時間になっていたが、彼が急いでいるようすはない。患者を診察したあともベッドわきに座り、とりとめもない話をしていた。ベッドの反対側にいたオーガスタは、落ち着かない気分を隠すために石像のように座っていた。やがてドクターが彼女と目を合わせた。

「準備はいい?」彼はのんきそうに尋ねてから、立ちあがったオーガスタに言った。「すてきなドレスだ。君によく似合っている」

オーガスタはピーテルの発言について彼に話したのを思い出した。たぶん今のは社交辞令なのだ。するとと、ドクターが笑いながら先を続けた。「いや、お世辞じゃないよ。心からそう言ったんだ」

ロールスロイスが家の前にとめてあった。ミニだと思っていたので、オーガスタがそう言うと、乗りこむときにドクターが言った。

「僕はミニでもいいんだが、僕が幅をとるから助手席の人は窮屈なんだ。それにこの車のほうが居眠りするには快適だしね」親しげな笑みを向けられ、オーガスタもすっかりくつろいでほほえみを返した。

「どこへ行くの?」

「天気が悪いので、アムステルダムに行こうかと思う。君がお土産やらなにやらを買いたければ、それもできるし。ミセス・ブロムは六時までいてくれるから、時間はたっぷりある」

車はなめらかに町を抜け、アムステルダムに向かう道に入った。高速道路ではなく、運河沿いの一般道だ。アケルスルートを抜けてアルクマールデルメールの沿岸に出たところで車をとめて、しばらく海を眺めた。灰色の空の下の灰色の海では、風を受けて細かい波が打ち寄せていた。沖に出ている船もなく、すべてがうら寂しく見える。けれどもオーガスタは少しも寂しさを感じず、ドクターと船について夢中でおしゃべりをしていた。彼は話の途中でオーガスタをさえぎると、いらだたしげに言った。

「頼むから、コンスタンティンと呼んでくれ」

「ええ、わかったわ」オーガスタは心から楽しんでいた。コンスタンティンはすばらしい話し相手だった。ピーテルと違って自分のことは話さない。そういえば、まだスーザン・ベルサイズとの関係も、彼がどのくらいの頻度でロンドンを訪れるのかもわかっていない。オーガスタがなんとかこの話題に持っていこうとしても、なかなかうまくいかなかった。車はアムステルダムに近づいているのに、真実に近づけずにいる。オーガスタもついにあきらめ、天気がどうあろうと間違いなく楽しいはずの一日を存分に楽しもうと考えた。

コンスタンティンは〈ホテル・デル・ヨーロッパ〉の〈エクセルシオール〉にランチの予約を入れていた。バーで飲み物を頼んだあと、彼はオーガスタの姿を眺めて言った。「君はその靴にグリーンのワンピースを合わせていた。太陽が輝いていて……君はまったく……ロンドンの人には見えなかった」

オーガスタはデュボネを口にした。「だって、そうじゃないんですもの。私はドーセットの出身なの。今そこに住んでいないからといって、住みたくないというわけじゃないわ」

「だったら住めばいいだろう」コンスタンティンがほほえんだ。淡い色の瞳が深い温かみをおびる。

「それは無理よ。生活費を稼がなきゃいけないし、実家の近くには大きな病院が一つもないのよ。小さな病院でもかなり距離があるから、やっぱり家を出ないといけないの。そうね、やっぱりロンドンじゃないとだめだと思う。家には少なくとも月に一度は帰れるし、出世の機会も多いもの」

「看護師長になる？　なんか想像できないな。いや、その能力がないなんて言っていないよ。君は間違いなく有能だ。アーチーはどうする？」

オーガスタはグラスを見つめ、チェリーを取り出して口に入れた。「アーチーのことばかり言うのね」

「二回だよ」コンスタンティンがなめらかに答える。

「僕たちは――レディ・ベルウェイとスーザンと僕は、君がこの先一生病院で働いて終わるにはもったいないくらい元気がいいと考えたからさ。アーチーがその答えのようだね」

「とにかく、それは間違いよ。でも、私のいないところで私の話をするなんて……」

「当然だろう」彼は落ち着き払って言った。「君たちは僕たちのことを話さなかったのかい?」

オーガスタは顔を赤らめた。「話したけれど……そのほとんどがミス・ベルサイズの服装のことよ」

思いがけず、コンスタンティンが声をあげて笑った。「僕の話はなしか。だが、スーザンの服装はたしかに……目立つな」

これはオーガスタが待ちわびていたチャンスだった。「それで彼女はどういう……」

コンスタンティンがそつなくそのチャンスを奪った。「まず食事をしよう。僕は飢え死にしそうだ。ゆうべは赤ん坊の患者があって、ほとんど起きていたんだ。戻ったころには診療時間になっていた」

「まあ、そんなに大変だったなんて! どうして言ってくれなかったの? 出かける前にコーヒーをいれてあげたのに」オーガスタは口を閉じた。必要以上に熱をこめて言っていると気づいたからだ。

「そう言ってくれるのはありがたいが、そうなると出発がまた遅くなる。僕は今日を楽しみにしていたんだ。君はどう? 楽しみにしていた?」

「ええ、もちろんよ」ためらいなくオーガスタは答えた。「でも、そんなふうに質問を浴びせないでほしいわ。ごまかしようがないもの」

コンスタンティンが大笑いした。「つまり、ごまかす必要があったということ? それはだめだ」

「どちらにしても無駄よ。私は嘘(うそ)が下手だから」

二人はテーブルにつき、メニューを取りあげた。

コンスタンティンは目を上げずに言った。「とにかく、僕に嘘をつこうだなんて思わないでくれ。必ず見破るからね。さあ、なにが食べたい？　まずはシエリー酒を加えたマッシュルームのクリームスープはどうかな。それから鴨のテリーヌと……デザートにはモンモランシー・プディングがおすすめだ」

オーガスタは幸せな気分で同意した。それなりにデートを経験したけれど、これほど贅沢な食事はめったに味わえない。とはいえ、これはおいしい料理の無駄づかいでもあった。コンスタンティンと一緒なら、サンドイッチにコーヒー一杯でも満足なのだから。それでも、すばらしい話し相手と楽しい会話があると、食事もさらに完璧になる。会話は一度も途切れなかった。驚いたのは、根本的な点において二人の意見がまったく同じだったことだ。自分の思いをさらけ出していると気づいて、オーガスタは不安に駆られて黙りこんだ。

するとコンスタンティンが静かに言った。「君も運命だと思ったんだろう……二人の人間が出会う。たったの一時間だけかもしれないし、一生かもしれないが、同じ運命を分かち合う」

オーガスタは彼を見つめた。「どうして私の考えていることがわかったの？」

「いとしいミス・オーガスタ・ブラウン、僕にとって君の顔は開いた本と同じなんだよ」コンスタンティンがちらりとほほえみ、その目が輝いた。

「親指がうずいたかって尋ねたのはなぜ？」

コンスタンティンがからかった。「『マクベス』の魔女のせりふを知らないのか？　信じられない」

「知っているわよ」オーガスタはむっとした。「でもあなたは〝邪悪なもの〟じゃないでしょうに」

「あのころの君のそっけない態度を考えると、僕は邪悪なものだったんじゃないかな」

オーガスタがくすくす笑っているところに、デザートが運ばれてきた。メレンゲとチェリー、チョコレートクリームとホイップクリームのプディングに、クリームの詰まった小さな円錐形の焼き菓子とチョコレートが添えてある。味は見た目以上だった。

二人はコーヒーを飲み、さらに会話を楽しんだ。今度はおたがいの子供時代の話題だった。コンスタンティンが唐突に尋ねた。「正確に言うと、君の家はどこにあるんだ？」

オーガスタはあいまいな答えを返した。「ドーセットとサマセットの州境の近くよ。二つの集落のちょうど真ん中にあるへんぴなところなの。ロンドンとはまったく違うわ。あなたはロンドンが好き？」

二人は劇場や公園、二階建てバスに乗ってロンドンをめぐるのがどんなに楽しいかについて語り合った。けれどもコンスタンティンは一度もスーザン・ベルサイズの名を出さなかった。

一緒に店を見てまわろうと決めたときもまだ雨が降っていた。オーガスタは驚いた。たいていの男性は買い物に付き合うのをいやがるものだ。彼女がそう言うと、コンスタンティンは答えた。

「そのとおりだよ。でも、それは一緒にいる相手によるんじゃないかな」

二人は濡れるのも気にせず、目を引いたものがあれば立ちどまって眺めた。ほどなく大通りをはずれ、運河沿いの細い通りを歩いた。運河の水はよどんでいるようで、岸に並ぶ木々からは雨水がしたたり落ちている。絵のような古い家並みでさえも、陰鬱で悲しげに見えた。二人は水の上にかかる小さな橋の真ん中に立って、周囲を見まわした。

「美しいわ」オーガスタは心から言った。「車や電車じゃなくて、いまだに水が交通の中心なのね」

コンスタンティンは石の手すりに両肘をついた。

「君はオランダが好きなんだね」これは質問ではなく断定だったが、オーガスタはすぐさま答えた。

「ええ、大好きよ。子供のころからしょっちゅう大おばたちを訪ねていたのよ。エマおばさんの膝の上に座って『ショルス』の絵本を読んでもらったわ」

二人はほほえみ合い、子供のころの楽しい思い出を分かち合った。やがてコンスタンティンが尋ねた。

「オランダに住みたいとは思わないかい、オーガスタ?」

「それは永住という意味? 別にかまわないわ。休みにはイギリスに戻りたいけれど。看護師の資格をとったときにそれも考えたのよ。でも、オランダの資格をとる前に一年学生をする必要があって……それにまだ産科の勉強もしているし、小児科も」

「ああ、君の仕事のことを忘れていたよ」コンスタンティンは体を起こして、唐突に言った。「ここでお茶にするかい? それともアルクマールに戻って、ヨアンナと一緒にお茶をする?」

オーガスタはアルクマールに戻るほうを選んだ。車をアルクマールに向けたとき、雨足が強くなったが、コンスタンティンは明るい口調で言った。

「せっかく遠出したんだから、帰りはフェルセン経由で海岸沿いの道を行こうと思ったんだ。砂丘は濡れているだろうな……天気についてはは運がなかったみたいだね」

二人は道中ずっとおしゃべりをしていた。アルクマールに着いたとき、オーガスタは砂丘を見なかったことに気づいた。知的な会話を続ける間、そばにいる男性しか見ていなかったのだ。

玄関でヨアンナが二人を出迎えた。ちょうどお茶の時間に帰ってきたので、少女は金切り声をあげて喜んだ。そして、おじの言葉に従って、オーガスタを連れて階段をのぼり、化粧室へと連れていった。

オーガスタが案内されたのは二階の広い寝室だった。窓と同じチンツのカーテンがかかる天蓋(てんがい)つきベッド、巨大な寝室用戸棚、そして模様を彫った木枠の暖炉は鋼の火格子を備えている。二つの窓の間に天板が垂れさがるペンブロークテーブルが置かれ、その上に銀で縁取られたまるい鏡があった。オーガスタは鏡の前に座り、髪からピンを抜いた。一方、ヨアンナはベッドの端にちょこんと腰かけ、彼女を見つめていた。

「すてきな色の髪ね」やがて少女が言った。

オーガスタはほほえんだ。「ここはあなたのお部屋なの？　とても美しいわ」

「ううん、あたしの部屋は廊下の先の階段をのぼったところ。ここはスーザンが寝る場所よ」

オーガスタはピンで頭をつついて、痛みにひるんだ。「そうだったの。スーザン・ベルサイズね。ロンドンで会ったわ。きれいな人ね」

ヨアンナは元気よくうなずいた。「コンスタンティンおじさんは美人すぎるって言ってる。でも、パパはそんなこと言わないわ。だってママのほうがもっときれいだから」少女はベッドから下りると、オーガスタに近づき、顔をのぞきこんだ。「あなたは美人じゃないわ。でも、目は緑色ね」

ほどなくして二人は階段を下りて客間に戻った。コンスタンティンは小さく燃える暖炉の前に立っていた。彼は二人を交互に見てからオーガスタを見つめた。「それで、僕の姪は今度なにを話した？」

すると、ヨアンナが甲高い声で答えた。「あの部屋のことよ。スーザンがここに来たときに寝る部屋だって教えてあげたの」少女は飛びはねながら彼に近づき、歌うように言った。「コンスタンティンおじさんのスーザンよ。黒い髪の美人のスーザン」

コンスタンティンに抱きあげられ、高く持ちあげられたので、ヨアンナは喜んで悲鳴をあげた。姪を床に下ろしたあと、彼はなめらかに言った。

「座ってくれ、オーガスタ。じきにお茶が運ばれる。こっちの火のそばに来るといい。寒いわけじゃないが、あの灰色の空のあとだと気分も引きたつよ」

　コンスタンティンはオーガスタの向かい側に腰を下ろし、マリーナおばさんのために見つけた看護師について説明した。美しいミス・ベルサイズの話は出ないだろう。なぜかそう悟ったオーガスタは、怒りがわきたつのを感じ、この家から出ていきたくなった。だが、これはあまり現実的ではない。レインコートとスカーフは預けてあるし、雨足はさらに強くなっている。幸い、ハイブがやってきたので、コンスタンティンと話す必要がなくなった。お茶がすむと、彼女はすぐに立ちあがった。そのころには怒りは蒸発し、悲しい気持ちだけが残った。私はスーザン・ベルサイズが言ったとおり、ただの行きずりの人間なのだ。いくら短い時間で深い友情を築いたとしても、彼は私に私生活を教えるつもりもない。

　オーガスタはコンスタンティンからコートとスカーフを受け取ると、見た目を気にせず乱暴に身につけた。そしてハイブとヨアンナにさよならを言い、きびきびとドアに向かった。その間もコンスタンティンを相手に意味のないことをしゃべりつづけた。神経が張りつめ、考え事をしたくなかった。客間を出たところで、コンスタンティンが彼女の腕をとり、出口とは逆のほうに引っ張っていった。

「君に見せたい部屋がある」彼はオーガスタのおしゃべりをさえぎった。「ドックムの市民ホールと同じ画家が描(か)いた部屋なんだ。ぜひ見てもらいたい」

　コンスタンティンはオーガスタの抵抗をものともせずに玄関ホールを横切り、屋敷の右手に向かう階段の真下にある小さなドアを開けた。そこは狭いが、実に美しい部屋だった。カンバスの壁に聖書の場面が描かれ、禁欲的とも言えそうな簡素な家具が置いてある。隅の戸棚には銀製のジョッキのコレクションが飾られていた。オーガスタは心ならずも興味を引かれ、部屋の奥に進んだ。「ピーテル・ド・ホーホの絵に似ているわ」戸棚のジョッキはどれも異なり、すべてが十六世紀か十七世紀のもののようだ。振り返って尋ねようとしたとき、コンスタンティンがドアを閉めたことに気づいた。彼の表情は近づきがたく、いくらか傲慢（ごうまん）に見えた。

「君は本当に頑固だな！　僕は今日の午後に期待をかけていたんだ。だが、君は僕を悪者に仕立てあげようと固く決めている。もう少し僕のことを知れば、君も気を変えるかもしれないと思ったのに、無駄だったようだ」コンスタンティンは大きくため息をつき、狭い部屋を二歩で横切ってオーガスタの両肩を強引にとらえた。「いいだろう、君が悪者のほうがいいというなら、手始めにこれはどうだ？」

　こんなキスは初めてだった。オーガスタは息ができなかった。頭は空っぽになり、心臓は激しく打っている。唇が離れたとき、彼女は涙できらめく緑色の目を見開いてコンスタンティンを見つめた。泣き崩れるつもりはない――彼の前では。

「腹が立って、言うべきことも思いつかないわ。でも、思いついたら言うから」オーガスタは唇の震えを抑えるために口をぎゅっと閉じた。コンスタンティンは恥じ入るようすも見せず、彼女のためにドアを開けると一緒に玄関に向かった。短い距離を車で行く間、二人は口をきかなかった。大おばの家の前で車を降りたとき、オーガスタはどうにかいつもの声で尋ねた。「大おばに会いますか、ドクター？」

　コンスタンティンはすでに運転席のドアを開けていた。「もちろんそのつもりだよ。だが、心配無用だ、ミス・オーガスタ・ブラウン、僕は仕事と遊びを一緒くたにしないから。君はきわめて安全だ」

　オーガスタが大きく頭を振りあげた拍子に、ピンがはずれ、顔に髪が落ちた。くすくす笑うコンスタンティンになにかを投げつけてもよかったが、あいにく玄関ホールには高価な陶器の花瓶しかなかった。

5

コンスタンティンの考えでは、翌日の往診はとくに必要ないとのことだった。オーガスタは彼を出迎えるときに言う言葉を寝ずに練習したのだが、その努力も無駄になった。あらためて考えると、強引なキスについては別に気にしていない。問題は、彼が彼女を怒らせるためにキスをしたことだ。

コンスタンティンは夕方になるまで姿を見せなかった。そのころにはオーガスタの怒りもおさまり、いらだちと落ちこみの両方を行ったり来たりしていた。言い返すこともできず、二度と彼に会えないかもしれないのだから、こんなふうに感じても不思議はない。長く退屈な一日、オーガスタは何度となく自分にそう言い聞かせた。そして夜が近づいてくると、彼と二度と会わないなら、かえってうれしいじゃないのと考えようとした。

ようやくコンスタンティンが現れたとき、彼は一人ではなく、看護師を連れていた。丸顔で青い目の女性で、明らかにコンスタンティンに憧れている。親しげで明るいコンスタンティンの挨拶を受け、オーガスタは出ばなをくじかれ、用意していたせりふも言えなくなった。マリーナおばさんのベッドわきに立ち、看護の段取りを話し合う間、オーガスタはひそかに看護師を観察していた。とてもきれいな子だ。それは認めなくてはならない。そのとき、コンスタンティンの物憂いまなざしに気づいた。彼の唇の端がつりあがり、かすかな笑みが浮かぶ。オーガスタは彼をにらんだ。

訪問は十分ほどだった。コンスタンティンは礼儀正しくオーガスタの帰国の無事を祈り、大きなひんやりとした手が一瞬だけ彼女の手を包みこんだ。そして彼女が言うべき言葉をひと言も考えつかないうちに、彼はうしろを振り向くことなく立ち去った。

たとえたった二日間だけでも、帰郷するのはうれしかった。チャールズがリヴァプール・ストリートで彼女を迎え、モーリス社の小型ワゴン車でドーセットに向かった。いくらか時代遅れの車がロールスロイスの馬力と快適さを思い出させたが、オーガスタはその持ち主の思い出を心から締め出した。

家族には彼のこともほんの少ししか話さなかった。実際、オーガスタの説明によるコンスタンティンは、退屈で特徴のない中年男性のようだった。とはいえ、彼女も医師としての彼は賞賛した。いずれにしても、ほかに話題はたくさんあった。心の奥にコンスタンティンを葬り去った自分に満足し、オーガスタは聖ユダ病院に戻った。それだけに、看護師寮の自分の部屋でセロファンに包まれたチューリップの大きな花束を見つけたときにはうろたえた。今度は濃いオレンジ色で、細い茎に葉がついていた。オーガスタは花の間に挿してあった封筒を開いた。

〝にんじんみたいだと言ったお詫(わ)びの印に。これはブロンズクイーンと呼ばれるものだ〟

あとはそっけなく〝C・ヴァン・リンデマン〟と署名があるだけだった。それからあちこちから花瓶やら水差しやらを借りてきて、チューリップを生けた。同じ状況にある男性なら誰だってこういうことをしたに違いない。そう自分に言い聞かせた。とはいえ、ここまで浪費する必要はないのにとは思った。

花束はみんなにあれこれ言われる原因にもなった。朝食のテーブルで、仲間の一人が言った言葉もオーガスタの気分をましにしなかった。〝あんなに思いやりのあるボーイフレンドがいてよかったわね。だってアーチーはメアリー・ウィルクスとときどき会っているみたいだもの〟メアリーはちょうどその場にいなかったので、真偽は確かめられなかった。

朝食後、オーガスタは男性外科病棟の勤務に戻った。彼女の知っている入院患者のほとんどが退院していたが、治癒のむずかしい患者はまだ残っていた。手術室炎を患った年老いたミスター・リーヴズは手術ができる状態ではなかった。ビルもまたそこにいた。彼は急性腹膜炎と診断され、術後数日たって麻痺性腸閉塞を引き起こした。以来胃ドレナージと点滴を続けているが、彼は若く体力もあり、五週間近くがたった今は快復しつつあった。腎臓結石を取り除いたトムもいた。彼は身よりがない老人で、二次感染の進行により、今後も病院にいつづけるのはほぼ確実だった。看護師たちも彼のささやかな望みをかなえるために最善を尽くした。新たな入院患者は今や病棟の伝説の人となっているトムの存在を聞かされ、順番に新聞を読み聞かせたり、お茶の時間に顔を出したりもしていた。


いつものように病棟は満杯だった。オーガスタにとってはその忙しさがありがたかった。一時間もしないうちに勤務中のアーチーに行き会った。いつもの親しい挨拶を交わし、腰椎穿刺について話している合間に、彼は気おくれもせずに何回かメアリー・ウィルクスをデートに誘ったと打ち明けた。

「知ってるわ」オーガスタは嫉妬もなにも感じなかった。「話を聞いたから。メアリーはとっても楽しい人よ。私はなんとも思っていないわ。でも、あなたも罪の意識なんて感じていないわよね」

こうして忙しい日々が過ぎていった。まるで休暇などなかったかのようで、アルクマールは遠い夢の世界に思えた。大おばたちにせっせと手紙を書き、得意のテニスを楽しんだりもした。十日後の週末は休みが四日とれたので、実家に戻ってのんびりするつもりだった。果てしなく長く感じられる十日間が過ぎてようやく勤務が明けると、休日初日の明日ではなく、今夜のうちに帰ろうと決めた。そこで母親に電話して荷物をまとめると、列車に乗りこんだ。シャーボーンで列車を降りたとき、まだ外は明るかった。父親がフォードのモンデオで迎えに来てくれた。助手席に乗りこんだ娘が大きなため息をついたので、彼はどうかしたのかと尋ねた。

「なんでもないわ」オーガスタは言い張った。「ただ、うちに戻ってきたのがうれしいの。ロンドンはいいところだけれど、のんびりできないから」

通り過ぎる町並みは、初夏のたそがれの中で動きをとめてしまったように見えた。そしていったん大通りをそれると、そこにはなにもなくなる。車もバスもなければ、人もいない。彼女は衝動的に言った。

「私、ほかの仕事を見つけないと」

父親は道を折れ、開いた門を抜けた。「よく眠れないのかい、ローリー？　おまえらしくないな」

オーガスタはほほえんだ。「休暇をとってから、なんだか落ち着かなくって」

家に入ってきた娘の暗い顔を一目見て、母親が言った。「おかえりなさい、ダーリン。食事をして、ベッドに行きなさい。疲れているでしょう。最低でも十二時間はベッドにいるのよ」

けれどもオーガスタは翌朝七時には目覚めていた。習慣と田舎の騒音のせいだ。鳥のさえずりや犬の吠える声、馬のいななきに加えて、ボトムが朝の挨拶の声をあげている。彼女は横たわったまま、部屋にさしこむ太陽の光を満足げに眺めていたが、起きあがって家族のいる朝食の席に加わった。その後、コットンのシャツとスラックスに着替え、緑色のリボンで髪を結ぶと、母親と一緒にベッドメイクや掃除をした。毎日家事を手伝ってくれるミセス・クリスプがやってきたので、翌日開かれる慈善バザーについて話し合った。地元では重要な毎年のイベントだ。誰もがなにかを持ち寄り、なにかを買っていく。だから、毎回大成功は間違いない。それに友達と会っておしゃべりする絶好の機会でもある。今年は有名な軍人が開会の宣言をするらしい。母親は名前を忘れたそうだが、在郷軍人会の人だという。

昼食後ミセス・クリスプは食器を片づけて帰っていき、ミセス・ブラウンは庭で読書をするうちに眠ってしまった。父親とチャールズは馬の手術をするために近所の農場に行っている。オーガスタはボトムににんじんを何本かあげると、散歩に出かけた。とても暖かい日だった。小道を離れて野原を横切り、丘を取り巻く森に向かった。木陰に入るとペースを落として、目を引いたものがあれば、足をとめては眺めた。残念なことに、心は勝手にアルクマールの日々に戻ってしまう。そうなると当然コンスタンティンを思い出す。彼はとことん無礼だった。何度となく私をからかった――彼は私の髪が好きじゃない。もちろんたしかに、にんじんみたいな色だ。巻き毛じゃないのが残念なくらいだ。染められるだろうか、あるいは脱色できるだろうかと考えながら、オーガスタはぶらぶら歩いた。

この難題を投げ出したとき、なにかの声に気づいた。ほんのかすかに聞こえる。動物か子供か――どちらかは判別できない。オーガスタは立ちどまって音のする方向を判断しようとした。次に声が聞こえたとき、左手にある古い採石場からだとわかった。たった今、でこぼこの立ち入り禁止の標識の前を通り過ぎたばかりだ。声がふたたび聞こえ、今度は子供のものだと確信した。採石場の端に近づくと、もう少しはっきり聞こえてきた。柵があったはずだが、一部がなくなっている。オーガスタは高所恐怖症だ。ごくりと唾をのみ、息をとめて一瞬目を閉じてから崖の縁から下をのぞきこんだ。かなり低いところに子供が横たわっている。犬もいた。ラブラドールか、それに近い種類の犬が見張りの位置についている。

オーガスタは周囲を見まわして、楽に下に行ける場所をさがした。左手に小石の山があるが、崖の端に届くほど高さはない。けれども、そこからなら行けそうだ。崖の縁をまわって小石の山に真上に近づくと、注意深くその上に下りた。高い場所なので、それだけでもけっこう時間がかかった。ようやく下りたときには座って何秒か目を閉じ、それからゆっくりと苦労して底にすべりおりていった。

子供は今も泣いている。石の上をすべりおりたので、オーガスタは体のあちこちに痛みを感じた。採石場の底に散らばる砂利の上を進み、子供のそばにひざまずく。犬がくうんと鳴いた。オーガスタは犬にやさしく声をかけてから、子供に注意を向けた。まだ幼い。四、五歳だろうか。片腕が不格好にぶらさがり、顔と頭に裂傷が見える。顔色が悪い。おそらく脳震盪を起こしたのだろう。それでも今は意識がある。オーガスタは明るく話しかけた。

「もう大丈夫。長い時間ここにいるの？」男の子はあえぐようにそうだと答えた。「落ちちゃった？」

彼はまたそうだとささやいた。

「犬が一緒でよかったわね。この子の名前は？」

「レックス」

そのとき、オーガスタは男の子に見覚えがあると気づいた。「ブラー農場の子ね？」試しに尋ねると、うなずきが返ってきた。ブラー家は幼い子供が六人いて、自由に遊びまわっている。たぶんミセス・ブラーはこの子がいなくなったことにお茶の時間まで気づかないだろう。彼の腕についても、なにかしなくてはならない。鎖骨が折れているように見える。オーガスタは男の子の腕と脚にそっと触れてみた。どこも大丈夫そうだ。彼は両脚と無事な片腕を動かしてみせた。腕をつるものがあれば……。オーガスタは思いをめぐらせた。ペチコートがあれば、西部劇のヒロインのように引き裂いて使えるのに。しかたなくシャツを脱いで、よじったり引っ張ったりしたあげく、裾のほうを切り裂いた。おかげで丈が短くなり、つつしみのない姿になった。だからといって気にしてはいない。誰も見ている人はいないのだ。もっとも今は、誰かいたとしても気にしないだろう。

オーガスタは細い腕をしっかりと押さえると、男の子を横向きにした。彼が大声で叫んだが、ハンカチをまるめて、わきの下にはさみ、慎重に腕を胸のほうに曲げて、出来の悪いつり布で固定した。犬が状況をむずかしくした。オーガスタが小さな友達をいじめていると思ったレックスは、彼女のスラックスのお尻のあたりを引き裂いた。犬を責めることはできない。それに小石の山をすべりおりたので、スラックスはすでにぼろぼろだった。脳震盪を起こした場合に備え、オーガスタはふたたび子供をあおむけに寝かせた。雑草を引き抜いて彼の頭の下に敷く。オーガスタは犬に目をやり、先にうちに帰るよう説得できないものかと考えた。一匹で帰ってくれれば、大人が不審に思い、子供をさがしに来るかもしれない。けれども犬は一歩も動こうとしなかった。どのみち彼は若い犬ではないので、誰かにうながされない限りは、上にのぼっていくのすらむずかしそうだ。

オーガスタはあらためて自分の苦境に思いいたった。子供は小さいけれど、抱えて小石の山をのぼるとなると無理がある。それに、彼の腕をもっと傷つけてしまうかもしれない。ほかにのぼる手段がない以上、誰かが近くを通りかかるのを待つしかなさそうだ。人が通りかかる可能性なんて、笑いたくなるくらい低いだろう。ただし、オーガスタは笑いたい気分ではなかった。今はこわくなっていたからだ。

眠ったか意識を失ったかは定かではないが、やがて子供が目を閉じた。もう叫ぶしかないとオーガスタは考えた。彼女の声は採石場にはね返って反響し、高い場所にいる山鳩を騒がせただけだった。一時間近くたつうちに、声もかれてきた。まだ四時半を少し過ぎたばかりで、採石場は風もなく、暑かった。オーガスタは男の子の頭のほうに座って日ざしをさえぎった。犬は二人の間に体をすり寄せている。オーガスタは片腕をレックスの肩にまわして尋ねた。

「ねえ、レックス、これからどうしたらいい?」

男の子の脈拍も顔色も落ち着いている。きっと疲れ果てて眠ってしまったのだろう。

オーガスタは大きく息を吸いこむと、もう一度叫んだ。〝おーい!〟という声が聞こえたときには信じられなかった。そこでもう一度期待をこめて叫んだ。「採石場にいるの!」

まさか崖の上にコンスタンティンが現れるとは思ってもみなかった。彼はのんびりしたようすで二人を見おろした。オーガスタには表情まではわからなかったが、彼がおもしろがっているのは間違いない。

コンスタンティンが尋ねた。「そんなところでいったいなにをしているんだ?」その声はいつもどおりで、思ったとおり楽しげな調子をおびている。オーガスタの安堵感は怒りにのみこまれてしまった。

「もちろんピクニックに決まって……待って、お願いだから行かないで。男の子が怪我をしているの。それに、どうやって上に行ったらいいかわからないのよ。山のぼりは得意じゃないから」

コンスタンティンが笑いながら彼女のほうに下りてきた。その動きがすばやく、慎重さに欠けているように見えるので、オーガスタの心臓は口から飛び出しそうになった。だが、彼女の目の前に現れたコンスタンティンは、靴が少し汚れただけで、ほかはきちんとしていた。それでも、彼の声にはけわしさがあった。「どこかに行く気などなかったよ。君は信じていなかったみたいだがね。なにがあった?」

「いえ……私……あなたの笑う声が聞こえたから」

コンスタンティンはすでに子供の横にひざまずい

ていたが、彼女の言葉を聞いて目を上げた。「僕が笑ったのは、いちばんありそうもないところで君と再会したからだよ」彼はまた子供に注意を向けた。「そんなにこわがらずに、子供のことを教えてくれ」

オーガスタは説明した。

「よくやった。彼はたぶん脳震盪を起こしたんだろうが、さほどひどいものではないと思う。それに鎖骨以外に折れたところもなさそうだ。だが、病院に連れていかなければいけない。僕が先に行こう。肩にかついでいけるだろう」コンスタンティンは子供を抱えあげた。「そうすれば片手で犬を引っ張っていける。もっとも、犬は自分でなんとかなりそうだな。君はあとから来ればいい」彼は鋭い視線を向けた。「君はどうやって下りてきたんだ？」

「あの小石の山をすべりおりたのよ」オーガスタは笑われると思って、しかめっ面で立っていた。

コンスタンティンはにこりともせずに彼女を見つめていたが、やがてあっさりと言った。「さあ、行こう」それから背を向け、同じ小石の山に向かった。

最初は問題がなかった。オーガスタはコンスタンティンの靴に目を据え、できるだけ同じ場所に足をのせた。こわくて気分が悪くなったが、今は高所恐怖症だなんて言っていられない。三分の一ほどのぼったころだろうか、つい下を見た。採石場の底が何千メートルも下にあるように感じられる。周囲がゆれ、オーガスタは目を閉じた。ふたたび目を開けたとき、手で押さえていた石が手からすべり落ち、底へと落ちていった。なによりも叫びたかった。助けを呼びたかった。けれども必死に逆らった。コンスタンティンは肩に子供をかつぎ、犬を連れている。それに、彼はもう少しで崖の上に着くだろう。

オーガスタはゆれる壁を必死に見つめていた。私は持ちこたえられるだろうか。持ちこたえなければならない。コンスタンティンがどこまで行ったか確認したかったが、できなかった。冷たい恐怖心に圧倒され、体が固まってしまった。オーガスタは口を開けて叫ぼうとした。ほんのわずかだけ声がもれたとき、コンスタンティンが静かに呼びかけた。

「石の山に体を預けるんだ、オーガスタ。もたれかかって力を抜きなさい。リラックスして。君は落ちない。今、僕がそっちに行くから」

その声に心が落ち着き、オーガスタはぎこちなく言われたとおりにした。それから長い時間がたったような気がした。彼が下りてくる音がして、肩に腕をまわされる。そのとき、彼女は完全に力を抜いた。これほど安心感を覚えたことはない。するとコンスタンティンが落ち着き払った静かな声で言った。

「僕の手を握って。一緒にてっぺんまでのぼろう、オーガスタ」

オーガスタはなんとか顔を上げて彼を見た。「無理よ」抑揚のない声で言った。「吐きそう」

コンスタンティンがやさしくからかうような笑みを浮かべた。「頑張ってくれよ。さあ、僕の手をとって。上にのぼったら、好きなだけ吐けばいい」

「私、こわいの……」オーガスタは言葉を切った。もう全然こわくない。彼の笑みからからかいの表情が消え、やさしさだけが残った。オーガスタが目を閉じ、一秒後に目を開けたとき、彼はまったくほほえんでいなかった。「いいえ、もうこわくないわ。あなたはこわくないんでしょう?」

コンスタンティンの眉が上がる。「こわくないよ。ただし、僕は高いところでも平気だが、君はそうじゃないね、オーガスタ。目をつぶったまま、すべりおりた?」彼女はうなずいた。「痛かっただろう」

オーガスタはもう一度うなずいた。「このスラックスはレックスのせいでもあるのよ」

「ああ、気づいたよ。かろうじてつつしみのある姿だ」

オーガスタはくすっと笑った。そのとき、自分がしっかり立って、頼れるコンスタンティンの手を握っているのに気づいた。

そのあとは驚くほど楽だった。それでも、子供が横たわる草の上にたどり着いたとき、オーガスタは青ざめた顔でコンスタンティンを見ると、場違いな礼儀正しさで言った。「失礼させてもらうわ……」

それから離れた場所に逃げた。気づいたときにはコンスタンティンがそばにいて、大きな白いハンカチで彼女の顔をぬぐっていた。やがてオーガスタは自分を取り戻した。「ありがとう、やさしいのね。私はもう大丈夫。おじけづいたりしてごめんなさい」

コンスタンティンは静かにさえぎった。「ばかげたことを言うな。もし君が……おじけづいたとしたら、そもそも下に下りなかったはずだ」

彼は子供を抱きあげると、伸びた雑草と生い茂る藪(やぶ)の間を抜けていった。犬とオーガスタはついていくのがやっとだった。

「この子がブラー農場の子だというのはたしかなのかい？」コンスタンティンが肩ごしに尋ねた。

「ええ、病院から連絡できるでしょう」

二人はしばらく無言で道を進んだ。犬はその間をとぼとぼと歩いている。コンスタンティンがオーガスタをちらりと見た。「大丈夫かい？　もうすぐ車を置いたところに着く」

彼女はなにも言わずにうなずいた。疲れ果て、体は熱く、あちこち痛かった。それになにより、この上なく幸せだった。

ロールスロイスが狭い道の端にとめてあった。洗練され、ぴかぴかで、静かな馬力がにじみ出ている。持ち主と同じだわ、とオーガスタは考えた。コンスタンティンはオーガスタを車に乗せると、注意深く彼女の膝に子供をのせ、レックスを後部座席にうながした。車の中でオーガスタは思い返した。採石場でコンスタンティンが現れたときは驚いたが、あのときはなぜか不思議に思わなかった。シャーボーンの病院でも、コンスタンティンは知られた顔のようだった。子供は奥に運ばれ、コンスタンティンはブラー農場に電話をかけに行き、オーガスタ自身もすり傷を診てもらった。ほどなくしてコンスタンティンから、ミスター・ブラーが病院に来ると知らされた。そしてレントゲン撮影の結果、子供の軽い脳震盪と鎖骨骨折が明らかになったという。

コンスタンティンがミスター・ブラーに状況を簡潔に説明し、オーガスタのすばやい冷静な行動を強調した。オーガスタは顔を赤らめた。くしゃくしゃの髪と破れた服がひどく意識させられる。車で待っていたレックスを飼い主に返したあと、コンスタンティンが助手席のドアを開けたとき、彼女は遠慮した。「助けてくれて本当にありがとう。これ以上あなたを引きとめないわ。あなたの午後の予定がだいなしにならなかったらいいんだけど。私……電話して誰かに迎えに来てもらうから」

コンスタンティンは彼女の言ったことをひと言も聞いていなかったように見えた。「さあ、乗って」

穏やかだが有無を言わせぬ声で言われ、オーガスタは従った。そして大通りに車が入ったところで、道を曲がる必要があると伝えた。

「知っているよ。教会の手前で左に折れるんだろう。おもしろいな。僕も百回は通っていたのに」

オーガスタはぼんやりと繰り返した。「百回？」それから驚いたようにぱっと彼を見た。「アルクマールと同じで、ここに住んでいたというの？」

コンスタンティンが笑った。「いや、それは違う。ドクター・ソームズが僕の名付け親なんだ。彼が休みをとるときや体調を崩したりしたとき、僕は診療所を仲間にまかせて代わりをする。一度も君と会わなかったなんて不思議だな」

オーガスタは受け流した。「ドクター・ソームズが病気だなんて知らなかったわ」

コンスタンティンは道を曲がってから答えた。「病気じゃないよ。僕が彼に手紙を書いて、サマセットとドーセットの州境付近に住んでいて、ボトムというろばを飼っているブラウンという獣医を知っているかと問い合わせたんだ」

オーガスタはこの話を理解しようと考えこんだ。理由をいくつか考えついたが、すべて却下した。

「私たち、よく会うわね」

「たしかに」コンスタンティンがなめらかに同意する。「いやかい?」

「いいえ」オーガスタはちらりと彼の横顔を見た。傲慢(ごうまん)そうな鼻に高い額、くっきりとした唇の端にはいつもの小さな笑みが浮かんでいる。そのときオーガスタは自分になにが起きたか、なぜこんなに幸せな気分なのかを悟った。私は彼に恋している。そう考えると、おかしな気分になり、脈拍が速まった。けれどもそんな喜びも、彼も同じ思いを抱いているのだろうかと考えたときに消えていった。オーガスタが突然こみあげた熱い涙をまばたきして振り払ったとき、コンスタンティンが穏やかに言った。

「数日滞在するつもりで来たんだ」これに対して、彼女は明るい声で、今は休みをとるのに一年でいちばんいい時季だと言った。幸い、車は家の門に入ったところだった。オーガスタは息切れしたような声で別れの挨拶をしたが、コンスタンティンは車を降りて助手席のドアを開けると、彼女とともに家に向かった。「君のお母さんにまた来てくれと頼まれたんだよ」彼はのんきそうに言った。

オーガスタは足をとめた。「母が? いつ母に会ったの?」

「今日の午後にね。君に会いに来たんだ。それでお母さんから君のいそうな場所を教えられ、お茶の時間にまた来てほしいと言われた」彼は腕時計を見た。「ちょっと遅れたみたいだな」

オーガスタは家の裏にまわり、キッチンのドアを開けた。母親は古風で居心地のいいキッチンの中央に置かれたテーブルの前にいて、焼き型を慎重に引っくり返して、ケーキを取り出していた。二人が入っていくと、彼女は顔を上げた。

「やっと来たわね。ずいぶん遅いじゃないの」母親の顔に驚きの色が浮かんだ。「ローリーったら、いったいどうしたの?」

ドクターの顔が笑いをこらえて一瞬引きつったので、オーガスタは顔を赤らめた。近づいてきた母親に全身を眺められ、さらに赤い色が深まった。

「あなたのシャツ……腕にすり傷があるわ。それにスラックスときたら! ダーリン、びりびりじゃないの! あらまあ、あなたのブラ――」

「お母さん!」オーガスタは二階へ駆けあがった。

十分後、オーガスタが階下に下りたとき、コンスタンティンはポケットに手を突っこみ、キッチンの戸棚にもたれて、彼女の母親と仲よく話していた。オーガスタが入っていくと、二人が振り返った。彼女は顔と手を洗って、髪のもつれを解き、恋する乙女の片意地からグレーの麻のワンピースを着ていた。これなら髪の色も目の色も引きたたない。母親がそっけなく言った。「お茶をいれたわよ、ダーリン。それにケーキも切ったから。コンスタンティンはキッチンでもかまわないそうよ」

オーガスタはテーブルに近づき、親切にもコンスタンティンが引き出してくれた椅子に腰かけた。たしかにコンスタンティンは親切だ。オーガスタは突然のいらだちとともに思った。もちろん、単に愛想がいいからにすぎない。

「あの古い採石場で身動きがとれなかったなんて最悪よね。一人で下りていくのはこわかったんじゃない？ 目をつぶった？」母親が尋ね、オーガスタはうなずいた。「そのあと、あなたが吐いたとコンスタンティンが言っているんだけど」ミセス・ブラウンは子供を溺愛（できあい）する親ならではの愛すべき無神経さでさらに続けた。「グラント家の男の子たちが無理やりあなたを教会の塔に連れていったのを覚えている？ あのあと、何日も具合が悪かったわね」

オーガスタは母親に険悪なまなざしを投げかけた。「あのとき、私は十歳だったのよ、お母さん」

「どうして〝ローリー〟って呼ばれるんだい？」

「それは小さいころにチャールズが――私の兄がつけたばかげたあだ名よ」オーガスタは言葉を切った。「私が太っていたから」反抗的なまなざしをコンスタンティンに向ける。

「それは信じられないな」それから余計なことを言ってオーガスタを憤慨させた。「君はずいぶんうまく……ええと……ダイエットしたみたいだね」

「そんなことはしてないわ。自然にこうなったの。もとに戻ることもないわ。ずっとこのままよ」

「ずっとそのすばらしい状態のままなんだね」この言葉に、オーガスタの頬がピンク色に染まる。だが、彼女が言い返す前に、コンスタンティンが名付け親の夕方の診療を引き受けたのでもう行かなければならないと言って立ちあがった。

ミセス・ブラウンが愛想よく言った。「ぜひまたいらして。三十分でも時間があれば、いつでもどうぞ。うちの施設をごらんになるといいわ」

オーガスタは玄関までコンスタンティンに付き添い、今度はいつ会えるだろうかと考えた。残念ながら、休みは四日しかない。それに明日は慈善バザーで、母親と一緒に行くことになっている。コンスタンティンが玄関のドアの前で立ちどまった。ほかにどうしようもなく、彼女は尋ねた。「どうしてドクター・ソームズの診療を手伝えるの？ あなたは外国人でしょう」

コンスタンティンがほほえんだ。「ライデン大学だけでなく、ケンブリッジでも学んだからね」

彼がそれ以上なにも言わないので、またしてもオーガスタはぎこちない沈黙を埋めるために言った。「そうだったの……きっとあなたの診療所のほうは大混乱ね」これにもコンスタンティンはなにも言わなかった。オーガスタはケンブリッジにいた彼を想像し、この人は何歳なのだろうと考えた。沈黙が手に負えなくなると、彼女は礼儀正しく言った。「採石場で助けてくれてありがとう」

「どういたしまして」コンスタンティンが笑った。「あんなに楽しかったのは久しぶりだよ」

恋に落ちたいらだちから、オーガスタはきつく言い返した。「とにかく、あなたがおもしろいと思ってくれてうれしいわ！」

コンスタンティンが眉を上げる。「おもしろいなんて僕は言ったかな？」

オーガスタがコンスタンティンを見送ってキッチンに戻ったとき、ミセス・ブラウンは忙しく食事の支度をしていた。オーガスタは母親の視線を避けながら、お茶のカップを洗った。「コンスタンティンはお母さんのケーキが気に入ったみたいね」

「ええ、そうね」考えこむような声だったので、オーガスタはこれから質問攻めがあるだろうと思って覚悟した。ところが、なにもなかった。これは質問攻めより悪い。オーガスタはコンスタンティンについて話したくてたまらなかったのだ。

慈善バザーは三時に開かれる予定だったが、委員会の女性たちは開催場所の牧師館にかなり早くから集まっていた。オーガスタは母親を車に乗せていき、みんなの手伝いをした。ティーカップを置き、牧師館の奥にあるヴィクトリア時代のキッチンで湯をわかしたあと、客間に置いたさまざまなテーブルにバザーに出品された品物を並べた。なかなか楽しかった。日曜礼拝で見かけた帽子や、さまざまな丈の服、それに靴もある。パーティ用の靴は新品同様のものから、どうしようもないほど流行遅れのものまでいろいろだ。雑貨の陳列台で品物を並べる手伝いもした。半端な食器の中には値打ち物もある。

その中に古い陶器の小さな置物があった。新婚夫婦がまじめな顔でベッドに座り、ヘッドボードに〝結婚の幸せ〟と金色の文字が書かれている。ヴィクトリア時代のピンクッションもあった。ハート形のベルベットにビーズの刺繍が美しい。それも欲しくなった。この台の責任者の副牧師夫人と密約を交わそうかと考えているところに、牧師夫人のミセス・グリンブルが勢いこんでやってきた。「外はすごい人よ」彼女はうれしそうに言った。「オーガスタ、またお湯をわかしてもらえないかしら。貯蔵室に大きなやかんがあるの。使ったことはないけれど、今日は必要になるでしょうから」

オーガスタはあちこち建て増しした広い牧師館をうろうろしてキッチンにたどり着いた。そこを抜けた小さな部屋で立ちどまり、過去の持ち主の誰かが壁にかけた縦長の鏡に映る自分を見た。ヘアピンを手で押して確かめ、腕にできた痣を見てからローン地のワンピースを撫でつけた。スカート部分はたっぷりしていて、身ごろには小さなタックがたくさんあり、肩でふくらむ長い袖は、手首のところで細くなっている。色はやわらかな淡い黄色だ。今日初めてこれを着ようと思ったのは、万が一コンスタンティンと会ったときのためだった。村の慈善バザーは彼がやってきそうにない場所だが、だからこそ最高の姿に見せたかった。

横目で自分の姿を見て深いため息をつくと、やかんをさがしに行った。貯蔵室のドアは鍵がかかっていたので、まずキッチンをあさって、鍵を見つけなくてはならなかった。さがしている最中に、拍手の音が聞こえてきた。それが誰であれ、開会を宣言する人物は無事役目を果たしたのだろう。鍵を見つけて貯蔵室に入ると、あちこちさがしまわって、やかんを見つけた。前世紀の巨大な鉄瓶だ。やかんを持って板石張りの広いキッチンに戻ったとき、反対側のドアからコンスタンティンが入ってきた。

「ミセス・グリンブルが君はキッチンにいるって言っていたから」彼は愛想よく言った。「だが、たどり着くまで、まる一日かかるとは教えてくれなかった」そして彼女の手からやかんを取りあげると、興味深げに確かめた。「これはなんだ？　博物館の代物か？」彼女が答えないので、コンスタンティンは落ち着き払った視線を投げかけた。「オーガスタ、口を閉じたらどうだ――まるで金魚みたいだぞ」

オーガスタは憤りのまなざしを向けた。彼のために細心の注意を払って服装を考えたのに。「あなたの言うその博物館の代物をきれいに洗って、水を入れて火にかけるのよ」

「なるほど」コンスタンティンがにこやかに言った。「君には無理だろう。そんなにめかしこんでいたら」

オーガスタはこの言葉を受け流すことにした。コンスタンティンが楽しげに眉を上げたが、彼女はそれも無視した。「ありがとう。流しはこっちよ」

別のドアを抜け、ねずみのいそうな湿った小さな暗い部屋に案内する。隅には巨大な石の流しがあった。コンスタンティンはやかんを洗って水を満たし、キッチンの小さなほうろうのガスレンジの上に置くと、流しに引き返して手を洗った。

「痛む場所はどう？」コンスタンティンが尋ねる。

「すっかり治ったわ。ありがとう」

彼はオーガスタの間近に立った。「すっかり見違えたな。誰を夢中にさせるつもりだったんだ？」

オーガスタは必要もないのにガスの火を調節し、

高飛車に言った。「誰も夢中にさせようなんて思っていないわ」さりげなくキッチンを出て、人ごみにまぎれてしまおうと思ったのに、コンスタンティンが立ちはだかり、すり抜けるのもむずかしそうだ。

「残念だな。僕を夢中にさせたいのかと思って期待したのに」コンスタンティンは広い肩をすくめた。「君はこのやかんに鎖でつながれているのかい？それともミセス・グリンブルの客間で自由に買い物を楽しんでもいいのかい？」

オーガスタは説明した。「私はただ半端な雑用を頼まれてしているだけだから」

「よかった」コンスタンティンが彼女の腕をとった。「お古の帽子を買うのは断るが、雑貨の中にはいいものがあるかもしれない」

「ええ、あったのよ」オーガスタは彼の手を強く意識した。「きっと売れてしまったわね……陶器の置物なんだけど」オーガスタは品物の由来を説明した。コンスタンティンは外国人だから知らないかもしれない。「昔、市で売られた記念品なのよ。あと、ベルベットのビーズ刺繍のピンクッションがあったんだけど、誰かに先を越されたでしょうね。でも、なにか買わないといけないわ。布巾でもいいわね。必ずたくさん売れ残るから。それに、くじもあるし」

二人は牧師館を引き返した。コンスタンティンが客間のドアを開けた。「待ちきれないな！　布巾のところに連れていってもらおうか。だが、その前に君が会わなければならない人がいるんだ」

それは准将だった。彼は混雑した部屋の隅に置かれた大きな椅子に座り、切断したほうの脚をスツールにのせていた。ズボンの裾は足首のすぐ上で折り返してピンでとめてある。少しやせたようだが、オーガスタに向けた笑みは明るかった。「いとしいお嬢さん」准将が彼女の手をぎゅっと握った。「コンスタンティンが君をさがしてくると言ってくれてね。

わしはドクター・ソームズのところに滞在しているのだ。何カ月か前にこのバザーの開会の宣言をすると約束したから。ここでしばらく私の話し相手をしておくれ。だが、先にひとまわりしてくるといい」

准将の耳に届かないところまで来ると、オーガスタはコンスタンティンに言った。「彼、すごく元気そうね。本当にうれしいわ」

「君が喜ぶのはわかっていたよ。さあ、なにを買えばいいか教えてくれ」

いつしかオーガスタは楽しんでいた。コンスタンティンも今日は完璧（かんぺき）な連れになるつもりらしい。ちょうどアムステルダムでそうだったように。二人はあちこちのテーブルを見て、ジャムやピクルス、古い『パンチ』誌や傷のある花瓶を買った。陶器の置物とピンクッションは跡形もなかった。ボトルのコーナーでくじを二度試したあと、オーガスタは残念そうに言った。「お茶をいれに行かないと」

長くはかからないとか、待っていてほしいとか言いたかったが、きっとコンスタンティンは早く帰りたいと思っているだろう。オーガスタは明るすぎるほどの笑みをひらめかせて、キッチンに向かった。

お茶をいれるのにさほど時間はかからなかった。彼女が客間に戻ると、すぐさまティーカップを二つ持ったコンスタンティンが近づいてきた。

「こっちへ」彼はなにもないテーブルに近づき、ハンカチで隅をはたいてから彼女にカップを渡した。

「この……社交行事はあとどのくらい続くんだ？」

オーガスタはお茶を飲み、部屋を見渡した。「すべて売り切れみたいだし、三十分かそこらでしょうね。でも、好きなときに帰ってもいいのよ。あなたはとても気前がよかったわね」

「こういうことに参加するのはおそらく最初で最後だから、出し惜しみしたくないんだ。君の雑用は終わったのかい？」

やかんを思い出し、オーガスタはためらった。

「ああ、そうだ、やかんだ。二人で片づけよう」

オーガスタは疑わしげにコンスタンティンを見た。彼がやさしいのは、礼儀正しさ以外に理由があると確信できればいいのに。「そうなんだけれど……あなたが手をわずらわせる必要はないのよ。もうじゅうぶん手伝ってもらったわ」

「そんなことを言うのは、オーガスタ・ブラウン、僕を追い払いたいからなんだろう」

オーガスタは顔を赤らめ、思わず言った。「いいえ、違うわ。あなたに帰ってほしいなんて全然思っていないわよ。あなたが退屈じゃないかと……つまり興奮するようなことはなにもないし」

「僕がわざわざ興奮させられなきゃいけない男に見えるのか？　いや、答えなくていい。君には僕の言うことをそのまま信じてもらわなければ。僕は今日の午後ずっと興奮させられていたんだよ」コンスタンティンのほほえみに、オーガスタの心臓は引っくり返りそうになった。「君のせいだよ、いとしいオーガスタ」

オーガスタの心臓は肋骨（ろっこつ）に激しくぶつかっている。

「あなたが楽しんでくれてよかった」この言葉に、コンスタンティンは心から楽しそうな声で笑うと、彼女の腕をとってキッチンに向かった。そこでやかんを片づけたあと、彼はオーガスタの細いウエストをしっかりととらえてキスをした。一度ならず何度も、ゆっくりと楽しみを味わうように。


オーガスタは翌朝聖ユダ病院に戻った。両親には講義に出席するはずがうっかり忘れていたと説明した。今日が日曜日だということは、彼女の混乱した頭から抜け落ちていた。

ロンドンに向かう列車の中、オーガスタはぼんやりと窓の外を見つめていた。逃げ出したわけではなく、退却しただけだと自分を納得させた。今はありえないほどの速さで事が進んでいる。コンスタンティンはアルクマールで二人が一緒に出かけても問題はないと言っていた。それも軽い言い方だった。彼にとっては間違いなく軽いことなのだろう。けれども、私にとってはそうはいかない。コンスタンティンに二度と会えないと考えるだけで耐えられないけれど、会えばもっと事を悪くする。オーガスタはきっぱりと心の中から彼を追い払い、スーザン・ベルサイズについて考えた。しかし、これも同じくらい悪い。田園風景から替わったロンドンの陰鬱な暗い家並みを見つめながら、ドクター・ソームズがコンスタンティンの名付け親だという奇妙な偶然を思い起こした。それを言うなら、アルクマールに彼の診療所があったのも偶然だ。オーガスタは目を閉じて、気のめいる裏庭と洗濯物の干し紐を視界からさえぎった。そしてうとうとしたままパディントン駅に着き、びくっとして目が覚めた。

看護師寮にスーツケースを置くと、無駄な一日を埋めるためにバスに乗ってリッチモンド・パークに行き、疲れ果ててなにも考えられないくらい歩いた。予定よりも早く戻った彼女に、仲間たちが驚いた。オーガスタは月曜日の朝にどうしてもしなければいけない買い物があったからと言い訳した。そこで翌朝は早めに出かけて、上がチュニックのパンツスーツを買った。なにもないのはわかっていたが、暇だったので、郵便受けを見に行った。彼女宛に小包みが届いていた。ていねいに薄紙に包まれた小さな箱が二つと、母親からの短い手紙が入っていた。〝ローリー、これはコンスタンティンが届けてくれたものです。あなたに渡してほしいと頼まれました〟

オーガスタは慎重に紙を開いた。箱の一つには雑貨の陳列台にあった陶器の置物、もう一つには小さなベルベットのピンクッションが入っていた。

6

二日後、オーガスタはレディ・ベルウェイから招待状を受け取った。今度はランチだ。どうやら付き添いの看護師は休みらしく、書き手は一人ぼっちで、倦怠感と不機嫌の両方から死にそうなようだった。

長時間の勤務が明けたあと、オーガスタはガウン姿で承諾の返事をしたためた。お茶のマグカップを手にした親しい友人たちがそばにいたが、周囲のおしゃべりや、ラジオから流れる騒々しい音楽も気にせず宛名を書くと、封筒をなめて封をした。メアリー・ウィルクスがベッドにごろりと横たわった。

「書きおわった?」メアリーがわずかに声を張りあげる。「寮長の部屋の前を通るからポストに入れてあげる。なにを着ていくつもり?」五分ほどその話題に夢中になったあと、別の話題に移った。「今日、私が誰に行き会ったと思う? ストラットン・ストリートの〈コックドール〉の前よ」

「ストラットン・ストリートであなたはなにをしていたの?」オーガスタが尋ねる。

「忘れちゃったわよ。それが、あのレディ・ベルウェイのところによく来ていた派手な女の子よ。ライムグリーンのすてきなワンピースを着ていたわ。目立っていたわね。あの金髪の巨人もいたのよ――特別病棟でいつも彼女と一緒にいた男の人」メアリーがしかめっ面をする。オーガスタはきわめてまともな声で返事をした。もっとも、心のほうはまともな状態ではなかったが。「どこで服を買うのかしら? ああ、どうせものすごく高いお店ね。あなたは彼と親しくなった? 彼、とってもいい感じよね」

「ええ、いい感じよね」話すつもりはない。オーガスタは明るく答えた。「でも、住む世界が違うわ。それで最近アーチーとはどうなっているの？」

メアリーの人好きのする顔にしわが寄った。「実は新しい救急病棟のドクターがいて……まだ誘ってくれないんだけど、でも、きっと誘ってくれると思う。ただ、アーチーが……」

オーガスタはうなずいた。アーチーはやさしいが、言うなれば永遠の相手ではない。彼女はあらためて尋ねた。「ねえ、アーチーはあなたに真剣なの？」

メアリーはびっくりした顔を向けた。「いやだ、まさか。彼は女の子を映画に連れていくのが好きなだけよ。あなたも知ってるでしょう」

オーガスタはまたうなずいた。「だったら、彼に一緒に出かける女の子をさがしてあげないと。そうすれば、そのドクターと自由にデートできるわよ」

メアリーは考えこむようにオーガスタを見つめた。「誰かいい人いる？」二人は周囲を見まわした。マグカップを両手で持って、相手の話に耳を傾ける小柄な一人に目をとめる。二人は彼女を見つめ、それからたがいを見た。「彼女ならアーチーにぴったりだわ」メアリーが言う。「あの子にとっても、いい話よね。二人を説得しないとね」

メアリーとオーガスタはおごそかに握手をした。

「よかった。これで話はまとまったわ。どうしたの、ガッシー？　いつもと違うのね。休暇から戻ってからずっとそんな調子だわ」

「たぶん変化が欲しいんだと思うの……つまり、いつも同じ仕事で……それで私も……」

彼女はお茶を飲みほすと、ラジオを消して明日の朝は早いからもう寝ると仲間に伝えた。けれども眠りは訪れず、コンスタンティンとスーザンのことを考えた。スーザンがいるから、彼はイギリスにいる。きっと私がドクター・ソームズと同じ村に住んでいると偶然聞いたのだ。彼はたまたま村にいて、あんなことを言ったのも単なるお愛想なのだろう。もっとも、これは理屈に合わない。コンスタンティンはときどきひどく愛想が悪いし、自分をよく見せようとする人でもない。今は彼のことを考えるのをやめて、ランチのほうに意識を向けたほうがよさそうだ。ところが、彼も来るかもしれないという考えが浮かんだ。約束を取り消すわけにもいかないし、今さら看護師長に休みを替えてくれとは頼めない。オーガスタは思い悩みながら断続的な眠りに落ちた。

レディ・ベルウェイの家のドアベルを鳴らしたとき、オーガスタは胸騒ぎで少し青ざめていた。服装は白いワンピースに黒のバックベルトの靴、それに合うバッグを持っている。天気がよかったので、コートは着なかった。帰りに雨が降ったら、タクシーに乗らないといけないだろう。執事に案内されて二階に向かうとき、オーガスタの鼓動は少し速まった。コンスタンティンに再会したいわけではない。けれども、彼がここにいたらどんなにすてきだろうと思ってしまう。コンスタンティンはいなかったが、准将がそこにいた。彼はレディ・ベルウェイの寝椅子のそばで、背中をまっすぐ起こして座っていた。

准将は女主人と同じくらいうれしそうにオーガスタを迎えた。そしてシェリー酒を片手に、慈善バザーのときに彼のところに戻ってこなかった理由を尋ねた。困ったことにオーガスタは真っ赤になった。

「わしは君をからかったのだ。コンスタンティンのせいだろう？　だが、急に君が病院に戻らなければならなかったのは残念だった。彼はピンクッションと陶器の置物をさがして、午前中ずっと駆けずりまわっていたのだから。もう受け取ったかね？」准将は青い目をオーガスタに据えた。

「ええ、おかげさまで」執事がランチを告げる声に助けられ、オーガスタはそれ以上言わずにすんだ。

オーガスタと若いメイド二人で、老人二人をダイニングルームに連れていった。手慣れたようすのメイドが女主人の両わきに付き添い、准将はオーガスタの肩と杖を使って上手に歩いている。もう少しでダイニングルームに着くというとき、彼は立ちどまってぶっきらぼうに尋ねた。「さて、君は若いコンスタンティンをどう思っているのかね?」

オーガスタは不意をつかれたが、慎重に言った。「彼は……とてもいい人だと思います。採石場で身動きがとれなかった私たちを助けてくれました」ほかに当たりさわりのないことを言おうと思案する。「それに、慈善バザーでとても気前がよかったし」

准将が突然いらだちをあらわにして、声を荒らげた。「いいかげんにしてくれ。わしがはっきり尋ねたというのに、君はいい人だなどとつまらん答えを言う! 正直に言うつもりがないなら、なにも言わんでよろしい」

「よかった。それならなにも言いませんわ」

准将は腹を立てたようすもなく、短い笑い声をあげた。彼は上機嫌で席につき、二度とコンスタンティンの話は持ち出さなかった。ランチはまずきゅうりの冷たいスープ、それから白ぶどうを添えた舌平目、雉肉と続いた。シャンパンのアイスクリームはオーガスタが初めて目にするものだった。高いグラスの中でらせん状になったアイスクリームに、レモンピールがのっている。これまで飲んでいたワインの味がいい具合にシャンパンとまじり合い、最近の日々を明るくしてくれるうれしい効果があった。

客間に戻ってコーヒーを楽しんだあと、オーガスタは立ちあがった。聖ユダ病院まで車で送らせるというレディ・ベルウェイの言葉は断れなかった。オーガスタが玄関の前で待っていた古い型の立派なダイムラーに乗りこもうとしたとき、小型のスポーツカーがどこからともなく現れ、そのうしろにつけた。コンスタンティンがハンドルを握り、スーザン・ベルサイズが隣に座っている。彼女は愛想よくオーガスタに手を振った。オーガスタもいくらか青ざめた顔で手を振り返した。コンスタンティンはただ淡いブルーの目で突き刺すように見つめるだけだった。オーガスタはうろたえながらも不安にゆれる笑みを向け、ダイムラーに乗りこんだ。

その夜はメアリーとアーチー、新任の救急病棟のドクターと出かける約束をしていた。メアリーのために応じたのだが、今は断ればよかったと後悔している。すべての思いがコンスタンティンにあるのに、アーチーに意識を向けるのはむずかしい。仲間の一人にメンバーがたりないので、お茶の時間までテニスに付き合ってほしいと頼まれたときには、ほっとした。だが、テニスコートから戻るとき、看護師寮の敷地に入る木製の門がばたんと開いて、のんびりしたようすのコンスタンティンがやってきた。彼はみんなに礼儀正しく魅力たっぷりに挨拶し、オーガスタの腕をしっかりつかんで、すばやく仲間から引き離した。そしてじゅうぶん離れたところで彼女を向き直らせると、穏やかに言った。「まじめな話をしに来たんだが、今の姿を見て、とても無理だとわかった。にんじん色の髪はくしゃくしゃだし、そんなおかしな短いスカートをはいていたら——ヨアンナを叱りつけているみたいな気になる」

オーガスタは彼から目をそらしたが、好奇心に負けて尋ねた。「どうして私を叱りつけたいの?」

コンスタンティンはひどくむっとしたようすだった。「あの講義の作り話はなんなんだ? どこの誰が日曜に講義なんてする?」オーガスタが返事をしなかったので、彼が小さくゆすった——そっと。

「それで、講義はあったのか?」

オーガスタは勇気を出して彼の目を見た。「いいえ。それに、どうしてロンドンに戻ったのかってきかれたら、私はあなたには関係ないと答えるわ」

コンスタンティンの声はなめらかだった。「悪いが、それはないな。すでにわかっているのに、どうしてわざわざ確かめる？」

彼の視線を受けて、オーガスタは赤くなった。

「私に意地悪を言いに来たの？　そもそもどうやってこの敷地に入れたの？」

「ああ、僕にはそういう力があるからね」コンスタンティンの顔が突然やさしさをおびた。ちょうど採石場で見たときのように。「僕のいとしいオーガスタ・ブラウン」彼の甘いほほえみに、一瞬とまったオーガスタの心臓が体をゆるがすほどの激しさで打ちはじめた。「今夜、夕食に付き合ってくれるね？」

数時間だけでもコンスタンティンの話し相手になれたら楽しいだろう。オーガスタはちらりと考えたが、かぶりを振った。「だめなの。約束が――」

コンスタンティンがさえぎった。「アーチーと？」

オーガスタはしかたなくうなずいた。説明したくなったが、コンスタンティンにがっかりしたようすがないので、彼に腕をつかまれたまま立っていた。

「だったら、引きとめないよ、オーガスタ」彼は明るく言うと、オーガスタの腕を放した。オーガスタは寂しい気持ちに襲われながらも、渦巻く疑問の中から誤解されそうにない一つを選んで尋ねた。

「忙しいの？」それから、なにも言わなければよかったと思った。これほどばかげた質問はない。コンスタンティンはポケットに両手を突っこみ、いらだったように小銭の音をたてた。

「忙しいって？　仕事なのか遊びなのか、君は言わないんだな。今は楽しく過ごしているよ。休みがとれないほど名付け親の診療所の代診をしているわけでもないし。君は？　君は忙しいのかい？　患者の世話をしながら立派な看護師長になる方法を学んでいる？」その言葉はオーガスタの耳に辛辣に響いた。なぜならそれが自分の未来だったから。オーガスタには、コンスタンティン以外の男性と結婚しようと考える自分の姿が想像できなかった。するとコンスタンティンが言った。「ありもしないことを考えるんじゃない、オーガスタ・ブラウン。今夜を楽しむといい」これにはさよならを言う以外なにもできず、オーガスタは足早に看護師寮に向かった。

ほかの三人にとって、その夜はすばらしかっただろう。だが、オーガスタにとってはそうはいかなかった。コンスタンティンに言えたはずのこと、言わなかったことを思いながら、苦痛を押し隠して笑い、おしゃべりに興じた。アーチーがその日にあった珍しい症例について持論を披露しているとき、彼女ははっとした。コンスタンティンに置物とピンクッションの礼を言わなかった。

その夜ベッドに行く前に、コンスタンティン宛に堅苦しい礼状を書いた。彼がどこに滞在しているかわからないので、ドクター・ソームズ気付にした。

今ごろはアルクマールに戻っているかもしれない。

翌日の午前中は、ひどい玉突き事故があり、応急処置の必要な怪我人が病棟に押し寄せた。オーガスタもほかのことを考える暇はなく、手近な業務にかかわるだけで精いっぱいだった。その騒動の手助けで残業となり、自分の部屋に戻ったときには九時を過ぎていた。疲労のあまり入浴後はベッドに倒れこんで、翌朝起こされるまで夢も見ずに眠った。続く数日は大忙しだった。休暇をとっている看護師がいた上に、病欠した見習い看護師もいたからだ。きつい仕事や残業は、オーガスタにとってありがたかった。勤務中は考え事にふける余裕がなく、寮に帰っても疲れ果てて寝るだけだ。けれども三、四日もたつと、スケジュールどおりの勤務になり、看護師長と朝のコーヒーを飲む時間もできた。

そのときに看護師長から勤務を代わってほしいと頼まれ、思いがけず週末が休みになった。おまけに半日分の代休がとれるので、明日の木曜の夜から火曜の午前中まで実家に戻れる。母親からコンスタンティンは二日後にはオランダに帰ると聞いていたので、彼に会う心配はない。それでも、うちに戻るかどうかで悩み、結局、夜になったら母親に電話しようと決意した。ところが、お茶の時間になって母親から電話がかかってきた。オーガスタは心配そうに尋ねた。「お母さん、大丈夫？　なにかあったの？」

ミセス・ブラウンはすぐさま元気な明るい声で娘を安心させた。「それでローリー、週末の予定を変えられない？」

「笑っちゃうわね。だって、私も夜になったら電話しようと思っていたのよ。火曜のお昼まで休みがとれたから、明日の夜には……うちに帰るわ」

「ダーリン、違うのよ」母親がきびきびと言った。「私と一緒にアルクマールに行ってほしいの。もう手配はしてあるわ。おばさんたちが私に会いたがっていて、ちょうどいい機会だから。それであなたも休みがとれるなら、連れていくって言ったのよ」

「お母さん、いったいなにをたくらんでいるの？」

母親はびっくりしたようだった。「ローリーったら、たくらむってどういう意味？　あのすてきな准将に、おばの話をしたのよ。彼とドクター・ソームズがお茶の時間にうちに来て、私のケーキをほとんど食べちゃって……そのあと二人を迎えに来たコンスタンティンがきれいに平らげてくれたわ。それで、自分もオランダに帰るから一緒にどうかって誘ってくれたの。彼があっという間に手配してくれて……チケットやらなにやらを。あなたも一緒に来たいんじゃないかと彼が言うから、私もそうだって答えたの。だから、もし休みがとれたらという条件で、あなたの代わりに承諾したというわけ。結局、休みがとれたのね。すてきじゃない、ローリー？」

オーガスタは口を開いた。「お母さん……」だが、それ以上言えなかった。母親は翌日の予定を説明し、彼女にパスポートを用意するよう念を押した。

「それで帰りはどうするの？」

「コンスタンティンは週の前半にこちらに来ないといけないんですって。だから、いつでもいいそうよ。これから彼に電話して、万事うまくいったって伝えないと」電話を切ると、オーガスタは考えこんだ顔でお茶を飲みに戻った。人生というのは偶然の連続だ。ただし、希望を抱く心だけは偶然ではないと主張している。それは私がコンスタンティンを愛してしまったからだ。そうはいっても、彼にとって週末にオランダに戻るのは当然のことだし、そのついでに車に乗せてあげようと母に申し出るのも当然のことだ。オーガスタはまずティーポットのお茶をつぎ、パンを口に入れてから、テーブルにいた仲間たちから矢継ぎ早に浴びせられた質問に答えた。

　コンスタンティンが看護師寮にやってきた日に、オーガスタと一緒にテニスをしていた一人が言った。

「ガッシー、すごいチャンスじゃないの！」

「なんのチャンス？」オーガスタは尋ねた。するとみんなはどっと笑い、何人かが彼女に代わりたいと申し出た。

　出発の夜、オーガスタが小型のスーツケースに最後の荷物を詰めていたとき、寮の看護師たちの世話をする年配の雑用係ウィニーがドアをノックして、ホールで上流階級の紳士が待っているから急いで支度をするようにと言った。

「彼は上流階級じゃないわ、ドクターよ」オーガスタはそう言って階段を駆けおりた。

　コンスタンティンは寮長と愛想よく話していた。大柄で頑丈、心やさしい年配のドイツ女性は、ホールを横切るオーガスタを見て、満足そうにうなずいた。まるで自分が魔法の杖を振って、みんなを幸せにしたと言わんばかりの顔だ。「そのパンツスーツ、とても似合っているわよ、ブラウン看護師」

オーガスタはコンスタンティンの視線を避けながら顔を赤らめた。「まあ、ヴァルキーったら！」それから彼に向かって少々高慢そうに言った。「待たせてしまったかしら」

コンスタンティンはほほえんでいた。「いとしいオーガスタ、そうだとしても、そのかいはあったよ。とてもすてきだ」彼はオーガスタのスーツケースを取りあげると、寮長の母国語で挨拶し、オーガスタを先に外に行かせた。彼は階段で立ちどまって尋ねた。「どうしてヴァルキーって呼ぶんだ？」

彼と一緒にいる喜びがオーガスタの全身に広がった。「彼女がドイツ人だからよ。つまり……ワグナーの《ヴァルキューレ》からとったの」わかりきったことを説明する。「ブルンヒルデとかそういう名前なんだけれど、誰も発音できないわ。それにあんな大きな胸だからヴァルキーって呼ばれているの」

コンスタンティンが大笑いした。「なるほど。まだ君と数分しか一緒にいないのに、ローリー・ダーリン、世界が突然おもしろい場所になった」オーガスタが緑色の目を明るく輝かせると、彼は付けたした。「いや、君のことじゃない。君を笑ってなんかいないよ」

「どうして私のことをローリーと呼ぶの？」

コンスタンティンが眉をつりあげてささやいた。「ダーリンと呼んだ理由は知りたくない？」

「ええ」オーガスタも息切れしたような声で答え、階段を下りて舗道を横切り、ロールスロイスが待っている場所に向かった。すでに母親が後部座席に座り、ほほえんでいた。

腕に感じたコンスタンティンの手にうながされ、オーガスタは助手席に座ると、母親のキスを頬に受けた。

コンスタンティンが運転席に乗りこんだ。「この週末、休みがとれたなんて運がよかったね、オーガスタ。これからハリッジに向かうよ」彼はうしろをちらりと見た。「食事はあとで考えるということでいいですか、ミセス・ブラウン？　多少余裕を持ちたいんです。船でいつでも食事はできますから」

彼はクラッチを踏み、車の流れに乗った。街を離れるまでのろのろした速度だったが、いったんA一二号線に出ると、一気に長い距離を進んだ。この先は百キロ以上の道のりがある。オーガスタは飛ぶように過ぎていく田舎の景色を眺めていた。母親とコンスタンティンは彼女の沈黙にも気づかぬようすで、静かに会話を続けている。それが耳に心地よく、オーガスタは眠りに落ちて、コルチェスターに入るまで目覚めなかった。

「僕には眠りを誘発させるなにかがあるに違いないな」オーガスタがうしろめたい気持ちで背筋を伸ばしたとき、コンスタンティンがささやいた。

「ごめんなさい……疲れていたみたい」オーガスタがうしろを振り向くと、母親が言った。

「かわいそうなローリー。急がせた私のせいだわ」

コンスタンティンがやさしく言った。「君はちょうどいいときに目が覚めたんだよ。ここでとまって〈ジョージ・ホテル〉で夕食にしようかと――順調に来ているし、あと三十キロ行くだけだから」

コンスタンティンが車をとめに行っている間、オーガスタは母親と古いホテルの中庭を歩いて蔓植物を眺め、五分後にバーで彼と落ち合った。その時間では、彼女も母親になにも尋ねられなかった。

三人は牡蠣とブラウンソースのステーキ、いちごのクリームワッフル、年代物のボルドー産赤ワインを堪能した。デザートのブランデー風味とディナーの前に飲んだマティーニの効果もあいまって、オーガスタは自分はなんでもできる、とことん楽しむほうがいいと確信するにいたった。

うたた寝をしたおかげで元気が出た。その後フェリーに乗り、ミセス・ブラウンは早めにキャビンに引きあげた。オーガスタはコンスタンティンとともに、薄闇の中で徐々にぼやけて小さくなっていくハリッジを見守った。なにも見えなくなったところで、二人はデッキを散歩した。その後、コンスタンティンが友人らしい超然とした態度でおやすみを言ったので、オーガスタはがっかりした。あれでは気のいいいとこか、兄のようではないか。

翌朝はハーグの〈ホテル・デス・インデス〉で、贅沢な朝食をとり、アルクマールに着いたのは十時を少しまわったころだった。コンスタンティンを強く意識していたオーガスタは、大おばの家の前で大きな車が静かにとまったとき、無意識に小さなため息をもらしていた。コンスタンティンが小声で言った。「さて、これで旅はおしまいだ。僕としては残念だが」彼はオーガスタの視線をとらえた。

「ええ……私も残念だわ」

言いたかったことはもっとたくさんある。オーガスタはそれを言う代わりにコンスタンティンを見つめた。すると彼がやはりとても小さな声で言った。

「君の瞳はそのかわいい口よりもずっと多くのことを語るんだな、オーガスタ・ブラウン」

彼にほほえまれて、オーガスタは息をのんだ。そのとき、母親が呼びかけた。

「あなたも中に入るでしょう、コンスタンティン？おばのマリーナに電話したとき、たとえ一分だけでもあなたをお連れするようにって言われたのよ」

大おばたちは廊下の奥の居間にいた。この前オーガスタが訪れたときのように、二人はそっくりな服を着て同じ椅子に座っていた。マリーナおばさんは少し弱々しく見えたが、それでも声はしっかりしていた。コーヒーとビスケットを持ってきたマールチエが、すべていい結果でしたとコンスタンティンに耳打ちした。「そのとおりなのよ」耳のいいマリーナおばさんが言った。「それでもね、コンスタンティン、あなたに診てもらえるとうれしいの」

「ええ、もちろんです。明日はどうでしょう。ちょうど今くらいの時間では？　ベッドにいてくださいよ。そのほうがおたがい都合がいいですから。それでは、お許しいただければ……相棒が日曜の夜まで留守にするので、その前に会っておきたいんです」

彼は年上の女性たちにさよならを言うと、オーガスタに玄関まで送ってほしいとうながした。

階段の途中で彼は尋ねた。「君は明日の午前中、ここにいる？」

「ええ、そのつもりよ。たぶん買い物に出かけるけど……大おばたちは私のオランダ語の上達にはそれがいちばんだと思っているから」

「ああ、そうか」コンスタンティンはなんとも思っていないようすだった。「もしかしたら会えるかもしれない」それからひと言も言わずに行ってしまった。オーガスタはドアを閉め、静かに去っていく車の音に耳を傾けた。がっかりだわ。彼がもっとほかのことを言うと期待していたのに。誘惑に抵抗しようと決意すると、決まって肩すかしにあうのだから、いらいらさせられる。

翌日コンスタンティンがやってきたとき、オーガスタはまだ家にいた。彼はそっけなかった。

「やあ、オーガスタ。まだ家にいたんだ？　今ごろどこかの店で値切ったりしているのかと思った」

オーガスタは小さく不満の声をもらすと、バスケットを持って家を出た。けれども、そのうち機嫌も直った。いつものように北海から風が吹いているけれど、すばらしい日だ。小さな町は太陽の光を受けてきらきらしている。買い物をすませて帰る道で、コンスタンティンのミニとすれ違った。午前の往診があるのだから、とまらなかったのだとオーガスタは自分に言い聞かせた。

　その日はなにごともなく過ぎていった。彼女はマリーナおばさんの順調な経過や、地元の噂などを聞かされた。コンスタンティンの弟はヨアンナとパリに発ったという。「コンスタンティンはまた一人ぼっちになったということよ」マリーナおばさんが指摘する。「もっとも、一週間かそこらたてば、スーザンがやってくるけれど」

　ミセス・ブラウンはスーザンについて知りたいようすだった。エマおばさんのために毛糸をほどきながら、オーガスタはいろいろききたくてたまらなかった。けれども質問すれば、興味があると思われてしまう。謎は自分で解くしかなかったが、うまくいかず、その夜ベッドに入ったときもまだ考えていた。

　翌朝はみんなで教会に行った。短い距離をゆっくりと歩く間、あちこちの教会の鐘が鳴り響いていた。教会の中に入ろうというとき、オーガスタはコンスタンティンのミニを見た。彼はこちらに気づかなかった。車の速度が遅かったので、彼の疲れた表情が見えた。

　マールチェは午後休みをとっていた。三時ちょうどにオーガスタはお茶のトレイを二階の客間に運んだ。火を入れた箱形の陶器の上にティーポットを置き、華奢なカップを並べる。散歩に出かけたくなったが、滞在は短いし、大おばたちに退屈していると思われるのも困る。たしかに退屈していると考えて、自分が恥ずかしくなった。それを埋め合わせるために、その後キッチンに下りていった。マールチェが戻ってくれれば、彼女が料理をする。けれども、オーブンにチキンを入れて、サラダを用意すれば、彼女もずいぶん楽になるはずだ。オーガスタはキッチンの窓もドアも開け放し、涼しい中で支度にいそしんだ。やがて玄関のドアが閉まる音が聞こえた。きっとマールチェだ。手を洗い、キッチンを整理してからふたたび階段をのぼった。客間にはコンスタンティンがいた。引き締まった大きな体で暖炉にもたれている。戻ってきたオーガスタに、母親が言った。

「いたのね、ローリー」オーガスタは眉をひそめた。もちろんいるに決まっている。それに、愛する母親にそのばかげたあだ名で呼ばないでほしいと言おうかと思った。「コンスタンティンがあなたを誘いに来てくれたのよ」娘のしかめっ面を無視して、ミセス・ブラウンが続ける。大おばたちが〝とってもすてきじゃなくって？〟と同調した。

とってもすてきだわ――直接誘われたなら。オーガスタはむっとしてコンスタンティンに険悪なまなざしを向けた。彼は暖炉を離れてオーガスタの腕をとらえ、部屋の人たちに愛想よく言った。

「ちょっと失礼していいでしょうか」そしてオーガスタをそっとドアの外に押しやり、ドアを閉めた。

「沸騰しそうなときの君は、ひときわ目を引かれるね、オーガスタ。こうしていきなり誘ったのは、二人だけのときだと、君がすばらしい口実をでっちあげると思ったからだよ。君がキッチンにいると知っていたら、まっすぐそっちに行って、エプロンもろとも君をさらっていったはずだ」彼が突然にっこりすると、オーガスタの裏切り者の心がすべてを支配した。「ディナーに出かけよう」甘い声が誘いかける。「週末は忙しかったんだ」

気がつくと、オーガスタもほほえみを返していた。「十分待って」その後メイクと髪を直し、靴とストッキングを替え、〈ウビガン〉のシャンティリーを控えめに吹きかけた。そしてある程度自分の姿に満足すると、階段を駆けおりて、客間のみんなにいってきますと声をかけた。

ドアの前にロールスロイスがとめてあった。隣に乗りこんだオーガスタに、コンスタンティンが尋ねた。「まず僕のうちに行ってもかまわないかな？

仕事仲間のヴァン・デン・ポストが電話をよこすことになっている。長くはかからないよ」

オーガスタは少しもかまわなかった。コンスタンティンと一緒にいるだけでじゅうぶんなのだから。今後は彼に会わないだろう――もしかしたら二度と。この週末が終わってロンドンに帰ったら、今いる夢の世界を忘れるつもりだった。二人で彼の家に入ったとき、ヤニーがあわてたようすでやってきた。

「よかった。だんなさまがお出かけになってから、あの少年がドアをたたいて。中を入れるしかなかったんですよ。手をひどく切っていて、私の自慢のきれいな床が血だらけです。今は診療所のほうにいます。ドクター・ヴァン・デン・ポストのところに送れる状態じゃなかったし、だんなさまが戻ると言われたので」遅ればせながらヤニーはオーガスタに温かい笑みを向けた。「こんにちは、ミス・ブラウン。また会えてうれしいですわ」

オーガスタも同じ気持ちを伝えたかったが、コンスタンティンがその暇を与えなかった。オーガスタの手をしっかりと握ると、彼は玄関ホールを横切り、診療所に通じるドアに向かった。「きっと君の力が必要になる」

診療所は古い屋敷の片側にひっそりと建てられていた。かなり広く、設備もととのっている。患者は十二歳前後の少年で、木製の椅子に座っていた。タオルにくるまれた手を見れば、かなり深い傷を負ったのだとわかる。

「ドアの向こうにエプロンがかかっている」コンスタンティンはそう言うと、自分の白衣を着た。

オーガスタはゴム製のエプロンを身につけた。丈が長かったので、細いウエストのまわりでたくしあげた。その結果、樽(たる)のような姿になったが、問題はない。身支度をしながら、目で必要だと思われるものをさがした。ワゴンの上には医療器具と包帯などの容器があり、ガラス戸棚には救急措置に必要なものが並んでいる。彼女はきちんと置かれたペーパータオルの山から一枚ひらりととると、診察台に置いた。コンスタンティンがそこに腕をのせられるように少年を座らせた。手の甲を横切る傷は深かった。オーガスタが消毒薬とガーゼで手をきれいにしたあと、コンスタンティンが傷口を診察した。

「どうしてこうなった？」彼が尋ねた。

「鉈で」少年が短く答える。

「家の人に黙って来たのかい？」

少年は顔を赤らめた。「うん」

「なにをしていたんだ？　友達とふざけていた？」少年がうなずく。「とにかく、うちに戻ったら、お母さんに言わないといけないよ。これから傷口を縫って注射をする。明日の午前中にもう一度来なさい。わかったね？」コンスタンティンはオーガスタを見た。「ワゴンの上の蓋をした皿に針がある。それと縫合糸と。あと抗破傷風血清も必要だな。それは隅の戸棚だ。注射器と針はその下の引き出しにある」

オーガスタは彼の落ち着いた指示に喜んで従った。部分麻酔薬を並べ、器具を手渡し、片づける。きれいに縫合してもらった少年はコーヒーをもらいにヤニーのいるキッチンに消えた。オーガスタがエプロンをはずそうともがいていると、コンスタンティンが部屋を横切ってきて手を貸した。

「ミス・ブラウン、君は見た目と同じく腕もいいんだな」コンスタンティンがエプロンを隅にほうったので、オーガスタはそれを拾って流しに置いた。

「ちゃんとしてちょうだい」彼女は叱りつけた。「それに、どうしてミス・ブラウンと呼ぶの？」

コンスタンティンは首を傾けて、彼女を観察した。「そうだな、たぶん君がいい意味で古いタイプだからかな。いや、服とか化粧とか、そういう女性のばかげた身繕いについて言っているんじゃない。だが、君が気に入らないなら、その呼び方はやめるよ。なんだったらいい？　オーガスタ？　ローリー？　ダーリンかな？」

コンスタンティンにからかわれ、オーガスタは真っ赤になってドアに向かった。「オーガスタならいいわ」彼女は硬い声で言った。「ローリーはばかげた名前だし、それに……それに……」

「ダーリン？」コンスタンティンが背後で言い添えた。ドアを開けようとして伸ばしたオーガスタの手を彼がそっと握り締める。自分から振り向いたのか、彼に振り向かされたのか、オーガスタにはわからなかった。たしかなのは、自分があっという間にコンスタンティンの腕の中にいて、彼のキスを受けようとしていることだ。理性が彼を誘うようなまねをしてはだめだときびしく警告している。オーガスタはその声を頭の隅に押しやると、顔を上げた。

その後、呼吸と心臓の鼓動がふたたび落ち着いたころ、オーガスタは恥ずかしそうに言った。「コンスタンティン、だめよ。スーザンがいるでしょう」

コンスタンティンがオーガスタの両肩をとらえ、わずかに体を離した。その顔はとまどいを浮かべている。「スーザン？　いったいどうして……」

「とにかく、あなたは彼女と結婚するんでしょう」オーガスタは硬い声で言った。コンスタンティンの唇の隅が引きつるのが見えた。

「いったいどこからそんな考えを引っ張り出したのか見当もつかないよ、いとしいオーガスタ。僕はスーザンの後見人だぞ」

オーガスタの目が大きく見開かれた。「後見人ですって？　でも、あなたは若すぎるでしょう！」

コンスタンティンがにっこりする。「単純なことさ。彼女の父親が僕の父に、自分が死んだら後見人になってほしいと頼んだ。彼が亡くなったとき、彼女は十一歳だった。僕の父がその翌年亡くなったから、その役目を僕が引き継いだんだ。そのとき僕は二十四歳だった。今、彼女はもうじき二十一歳になり、僕は三十三歳だ」

オーガスタはコンスタンティンの顔をのぞきこんだ。「でも、スーザンと結婚したいと思ったことはないの？　彼女はものすごい美人だわ」

「まあ、たしかに……一年かそこら前には。だが、なにも起きなかった」コンスタンティンの目がきらめいた。「ショックだった？　君が尋ねるから答えたんだぞ。それに、僕には可能性があるとはとても思えない。やっぱり君は初めて会ったそのときから、僕に悪者の役を割り当てたんだな。違うかい？」

オーガスタが片手でコンスタンティンの胸を押すと、彼はすぐさま手を離した。「なんの役も割り当てていないわ。あなたのことはなにも知らなかったのよ。どう見てもあれは……つまり、あなたはいつもスーザンと一緒にいて、それで……それで……」

コンスタンティンがオーガスタを腕の中に引き戻した。「かわいいローリー、ばかげた考えでいっぱいになったそのにんじん色の頭を空っぽにしてくれ。もう君だってわかっているはずだ。僕は少なからず君に恋をしている。だが、君は急かされるべきじゃないし、僕は欲しいものが手に入るまで待つつもりだ。ただし、これは覚えておいてほしい」

彼は首を傾けてオーガスタにもう一度キスをした。そのやさしいキスは彼女を慈しみ、安心感を与えた。同時に、ふさわしい相手からされるキスがなによりも興奮をもたらすものだと教えてくれた。彼は同じやさしさをこめて唇を離した。

「ディナーにはウフストヘーストに行こうと思っていた。なかなかいいところがあるんだ。〈デ・ベウケンホフ〉といって……ここから一時間もかからない」彼は腕時計をちらりと見た。「ヴァン・デン・ポストが今にも電話をかけてきそうだな」

なおも少々息切れしながら、オーガスタは言った。

「とってもすてき……ディナーのことよ。私はどこかで待っていましょうか？」

コンスタンティンは彼女と一緒に玄関ホールに向かい、客間に案内したが、電話が鳴る音がしたので診療所に引き返した。一人残されたオーガスタは、部屋の中をゆっくりと見てまわった。まず肖像画から始めた。紳士の何人かはかすかなかぎ鼻だ。コンスタンティンは彼らからそれを受け継いだのだろう。淡い色の瞳も彼にそっくりだ。次に女性たちを見た。驚いたことに、美人がいない。男性たちは間違いなくハンサムなので、その時代の美女をつかまえられたはずだ。オーガスタは茶色のねずみのような女性を見つめた。十九世紀の第二帝政時代のきらびやかなドレスに身を包み、すばらしい宝石ばかりか、愛され、甘やかされた満足そうな妻の雰囲気もまとっている。きっと彼らは不器量な女性が好みなのだろう。だからコンスタンティンも私を愛したの？　オーガスタはくすくす笑ったが、背後から聞こえたコンスタンティンの声に飛びあがった。「僕の四代前のおばさんを見て、どうして笑っているんだ？　彼女はとても魅力的な女性だったと聞いているが」

オーガスタは振り返ってコンスタンティンを見た。

「彼女を見て笑っていたんじゃないわ。ちょっと考え事をしていたの。男性はみんなハンサムなのに、女性はちょっと……あまり器量がよくないのね」

コンスタンティンは片手を彼女の顎に添えると、顔を持ちあげて、じっくり観察した。「美は見る者の中にあるんだ。それについては長々と語ることもできるが、今はやめておこう」彼は手を離し、オーガスタの腕をとってドアのほうに導いた。「明日は仕事が山積みだが、昼間は二時間ほど空くんだ。たぶん、君たちみんなをランチに招待できるだろう。そのときにほかの部屋も見せてあげるよ」

オーガスタは輝く顔を彼に向けた。「まあ、すてきだわ。きっとみんな喜ぶでしょう」そこで眉をひそめた。「今夜のうちに伝えられるかしら？」

「無理だな」コンスタンティンが自信ありげに答えた。「明日、君から伝えればいい――いや、僕が手紙を書くから、それを渡してもらおうか」

このやっかいな問題が解決したので、二人は家を出て、数分後にはライデン方面に南下する広い道を走っていた。

それから長い時間がたち、オーガスタはベッドに横たわったまま、その夜の出来事を細かく思い返していた。すばらしかった。もっとも、コンスタンティンは将来についてはひと言も触れなかった。それでも会話ははずみ、たくさん笑った。料理はおいしかったが、なにを食べたかはあまり覚えていない。二人はアルクマールに戻ってコンスタンティンの家に行き、彼は大おば宛に手紙を書いた。

ようやく二人が大おばの家に着いたとき、かなり遅い時間になっていた。ミセス・ブラウンがガウン姿であくびをしながらドアを開け、よければキッチンでコーヒーを飲まないかと誘った。彼女は眠たげにおやすみを言って階段をのぼっていったが、二人はさらに三十分ほどキッチンでおしゃべりをした。とうとうドアの前でおやすみを言い合ったとき、コンスタンティンがもう一度キスをした。短い友達どうしのキスだったが、コンスタンティンはそのキスがなによりも大切なものであるかのようなまなざしを向けたので、オーガスタは幸せな気分でベッドに入った。そして早朝静かに階下に下りるマールチェの足音を耳にするまで目覚めなかった。

ランチはなにもかもが完璧だった。食事をしたのは美しい漆喰の天井と濃い色の板壁の広い部屋で、家具調度は十七世紀のものだった。食器棚には同じ時代の銀器が並び、ガラス戸棚には模様の刻まれたゴブレットのコレクションが飾られていた。大勢いるらしいヴァン・リンデマン家の先祖たちの肖像画が、サーモンとスクランブルエッグ、ミラボー風ステーキ、そしてレモンクリームを食べるオーガスタたちを壁の上からじっと見つめていた。ワインのおかげでわずかに頭が軽く感じられ、テーブルを離れるときには彼女の心も浮きたった。とはいえ、この喜ばしい感覚はほかの理由によるものだろう。

大おばたちは客間に移り、一方コンスタンティンはオーガスタと母親を連れて屋敷の中をまわった。オーガスタが大好きなアーフェルカンプの描いた小品が二点、ほかにもヤン・ブリューゲルがペンとインクで描いた作品が数点、アンブロシウス・ボスハールトの花のスケッチもあった。もっと時間をたっぷりかけてじっくり見たかったが、コンスタンティンが忙しいのはわかっていたし、今夜帰国する予定だったので、オーガスタはしかたなく言った。

「お母さん、そろそろ荷物をまとめないと。それにコンスタンティンは仕事が山積みだそうよ」

「あらまあ、そうだったわね。失礼してもよろしいかしら、コンスタンティン？」

コンスタンティンがロールスロイスで彼女たちを送った。家の前で車をとめたとき、彼はオーガスタを横目で見ながら熱をこめて言った。

「ありがとう、オーガスタ。君は機転のきく思慮深い妻になるだろうね」かろうじて聞こえるほどの静かな声だったが、オーガスタの顔は真っ赤になった。車を降りながらエマおばさんが、この子はずいぶん顔が赤いのねと言った。

イギリスに戻る旅の途中で、オーガスタはコンスタンティンにイギリスにずっといるのか、それともすぐにオランダに戻るのかと遠慮がちに尋ねた。彼はのんきそうに、二、三日のうちにアルクマールに帰るが、じきにロンドンに引き返すと答えた。コンスタンティンがその話を望んでいないと察したので、オーガスタもそれ以上のことはきかなかった。聖ユダ病院に到着し、母親と別れの挨拶を交わしたオーガスタを、コンスタンティンが看護師寮の入口まで送った。「さよなら、いとしい(トット・シーンス)オーガスタ。楽しい週末だったよ」

オーガスタは唇を噛(か)んだ。これは彼女が望んでいた言葉ではなかったが、それでもやはり落ち着いた声で言った。「そうね、楽しかったわ。私たちを連れていってくれてありがとう、コンスタンティン」

差し出した手が包みこまれ、一瞬だけ握られる。オーガスタは彼から荷物を受け取って中に入った。

階段をのぼり、自分の部屋でいつもの制服に着替えながら、なぜコンスタンティンはあんなに無関心に見えるのだろうと考えた。だが、満足できる答えは見つからず、彼はきっと公の場で感情をあらわにするのが嫌いな人なのだと自分を納得させた。

7

オーガスタが聖ユダ病院に戻った翌日、美しいスイトピーの花束が届けられた。添えられていたカードはがっかりするほどそっけなく、決まり文句とイニシャルが書いてあるだけだった。それでも、受け取ったカードは枕(まくら)の下にしまった。

仕事に戻って四日目、食事から戻ったあとに電話がかかってきた。看護師長は週末休みをとっていたので、忙しい日だった。新規入院患者受け入れの初日にあたり、病棟の空のベッド五床のうち三床がすでに埋まっている。オーガスタは受話器を取りあげながら、今夜のうちにある程度状態のいい患者を別の病棟に移せないものかと考えた。電話はアーチーからで、深刻そうな声だった。

「ガッシー？　緊急事態だ。波止場近くの集合住宅が崩れ落ちた。ここがいちばん近い病院なんだ。怪我人は症状を確認したあと、ほかへ移せるはずだけど、忙しくなると思う。お偉い先生たちもじきにやってくる。ベッドをいくつか空けておいてもらえるかな？　救急病棟は役に立たない。満床だから」

「今は二つ空きがあって、六床は内科に移せるわ。今夜、症状の軽い患者を引き受けてくれる話になっていたから……誰を移したらいいかしら」彼女はすばやく計算した。「十二床は空けられる」

「よかった。今すぐ始めてくれるかい？　しばらくしたら、救急外科の研修医が君に会いに行くから」

　ふたたび電話が鳴り、オーガスタは受話器をまた取りあげた。今度は看護部長だった。「ブラウン看護師？　日勤の看護師を全員召集したから、じきにみんな来るはずよ。救急病棟から借りられるものはなんでも借りなさい。問題があれば、私に連絡して。救急病棟の看護師長がようすを見に行くわ」

　その後オーガスタは内科、用務員詰め所、リネン室に電話した。ようやく受話器を置いたとき、救急病棟の看護師長ミス・ホークスが現れた。

「外傷用のパックが必要です」オーガスタは前置きなしに言った。「中央滅菌材料室に人はいますか？」

「それはすぐにでも。リネン類はどう？　どのくらいベッドは空きそう？」

　オーガスタは質問に答えた。「ホッブズ看護師とギブズ看護師が患者を内科に移しているところです。ほかに空のベッドを運びこむつもりです」

　ミス・ホークスがうなずいた。「事態が収拾するまでは帰れないのはわかっているわね？」

　オーガスタはわかっていると答えた。ミス・ホークスも仕事だから尋ねるのだと承知しているが、これはばかげた質問だ。

　話がついたころ、最初の患者が病院に到着した。救急車のサイレンの音に急かされながら、看護師たちはビーバーのようにせっせと働いた。仕事はベッドの用意だけではない。ワゴンを並べ、薬品を用意し、シーツやカバーを補充する。外傷用のパックも大量にあったほうがいい。夜勤の看護師たちが出勤する時間だったので、オーガスタは貴重な十分を費やして引き継ぎをした。緊急事態とは別に、これまでどおりの看護や処置が必要だからだ。

　救急外科の研修医も顔を出した。彼はモンバサ島出身で、病院でもっとも人気のある男性の一人だ。肌は石炭のように黒く、非常に頭が切れる。ジョージ・イングランドという名前の落ち着いた男性だ。

「やあ、ガッシー」無駄にする時間もないので、先を続けた。「建物には九十世帯が入っていて、端が崩れ落ちた。今、僕たちのチームが現場に行っている。それで、整形外科の患者はデュークス病院に、頭部外傷はメイプルクロス病院に直接送ろうかと考えている。残りはあちこちに振り分けるから、どのくらいうちに来るかはわからない。患者を階上に運ぶ前に知らせる。でも、連絡がなかったからって爆発しないでくれ。人手はたりているかい？」

「冗談でしょう」オーガスタは明るく言った。「でも、どこも同じなんだし、なんとかするわ」

　ジョージはうなずき、にやりとした。「僕は救急病棟にいるから、用があればそっちに来てくれ。でも、緊急のときだけだよ。閣下がじきに来る」〝閣下〟とはロジャーズ外科医長のことだ。見た目は穏やかな中年男性だが、軍曹のような声を出す。オーガスタは眉を上げて、がっかりしたふりをした。

　その後、ぼつぼつと患者が搬送されてきた。午前一時になるころには、そのうち二人が亡くなった。手術室から戻った三人は機器に囲まれて横たわっている。ほかの患者については快復の兆しが見えた。

オーガスタは看護師二人に、空いたベッドをもう一度ととのえるよう指示を出した。ジョージ・イングランドが手術衣と長靴という格好でふたたび現れ、負傷者をひととおり診ていった。

「大丈夫そう？」彼は無駄口をきかずに尋ねた。

暑くてぐったりしていたにもかかわらず、オーガスタはクールできりりとした態度で答えた。「うまくいっているわ、ジョージ。ありがとう」

実際、そのとおりだった。看護師が三人加わり、なんとか乗りきっている。新たな患者のほとんどがショック症状にあった。なにも言わず、自分のまわりに関心を示さない患者がいる一方で、いらだちをあらわにする患者も数名いた。彼らのほとんどがしばらく輸血を受けながら、あるいは麻酔薬や鎮痛剤を投与されながら、手術室に送られるのを待っている。看護部長が病棟にやってきたとき、看護師たちにコーヒーとサンドイッチが差し入れられると知らされた。時間ができたときに、それぞれが病棟のキッチンに行き、大急ぎで口に運ぶのだ。患者を診ていたアーチーが明るく言った。「燃料追加かい？」彼のちょっとした軽口が周囲を笑わせた。

オーガスタは仕事の手を休めずに尋ねた。「閣下はどこにいるの、アーチー？　救急病棟？」

アーチーはメセドリンを薬瓶から抜き取っていた。「いや、手術室だ。つまり、ジョージはやっかいな目にあうかもしれないってことだな」彼は注射針を血管に挿した。「あと二人ほどこっちに上がってくるよ。脾臓（ひぞう）破裂と重度の顔面裂傷の患者だ」

オーガスタはちらりと時計を見た。じきに三時になる。時間ができたらすぐにでも、看護師二人に仮眠をとらせることができるかきいてみるつもりだった。朝になれば、数人の臨時雇いの看護師と、看護助手が一人か二人来るが、ほとんどの患者は熟練した処置を必要とする上に、巡回する看護師の数がたりない。オーガスタが思案しているときに、看護部長が疲れを見せないすっきりした顔でやってきた。

「あと二人、こちらに来るはずよ。まず三年目の見習い看護師を寝かせるといいわ」彼女は考えこむようにオーガスタを見た。「看護師長が戻るまで頑張って続けられそう？　あなたは休憩して食事をとりなさい。スティーヴンズ看護師なら、しばらくここを預けても大丈夫でしょう」彼女は言葉を切った。「いいえ、だめね。もしもの場合に備えて、あなたの食事をここのキッチンに運ばせるわ」

食事と聞いて、オーガスタの気分は明るくなった。だが、結局スープを飲んだだけで、卵とフライドポテトまでは食べられなかった。二人の患者が運ばれてきたからだ。脾臓破裂の男性はかなり悪い状態で、すぐにでも手術室に運ばれるはずだった。一緒に上がってきた患者は若くたくましい男性で、顔にひどい裂傷を負い、無言で天井を見つめていた。彼の上腕部が包帯におおわれていたので、オーガスタは驚いた。「痛みはひどいですか？」

彼は首を横に振ったが、その動きでびくっとした。縫合された顔の傷はノベクタンをスプレーしてあり、パッチワークキルトのようにも見える。「僕は大丈夫」彼はいくらかだみ声で答えた。「だが、これが気に入らない」視線がもう一方の腕に刺さった針に向けられた。ベッドわきから管が下がり、血液が送られている。

「ああ、それならじきにはずれますよ」オーガスタはほっとして答えた。「これは失った血液を取り戻すもっとも早い方法なんです」彼の手首にそっと手をあてて脈を測る。かなり速いが、大丈夫そうだ。それでも、ミーク看護師にこの患者から目を離さないようにと警告しておいた。そのうちアーチーが来て、包帯した腕についても説明してくれるだろう。

オーガスタが別のベッドに移って点滴を取り替え

たとき、かすかな音が聞こえたような気がして振り返った。先ほどの患者が体を起こし、包帯を巻いた腕で管をはずそうとしている。オーガスタはすぐさま引き返したが、間に合わなかった。管がはずれ、輸血の血が噴き出した。さらに悪いことに、男性はミーク看護師を押しやって包帯を引っ張った。

続く騒動の中、オーガスタはミーク看護師に同情した。彼女は先週予備学校を修了したばかりで、今夜まで本物の血を見たことがなかったのだ。容器に残っていたのは半分ほどだったが、それでもあたりは大惨事だ。ミーク看護師は小さく声をもらすと、オーガスタの足元に引っくり返った。「ちょっと！」オーガスタは数秒を費やして、彼女が無事かどうか確かめた。どうやら大丈夫のようだ。ミークは目を開けて謝罪の言葉をつぶやくと、にっこりして横向きになり、眠ってしまった。オーガスタは彼女をまたいで、ベッドの反対側に駆け寄った。「ガーゼをはがしてはだめ」患者は蜘蛛（くも）の巣を払うようにオーガスタの手を払い、ガーゼをはがして肘のすぐ上にあるぎざぎざの傷口をあらわにした。縫合した傷跡から、早くも血がにじみ出ている。たぶん血管を縛る糸の結び目がゆるんでしまったのだろう。

患者は遠くを見るような目でオーガスタを見た。今になってくも膜下出血を起こしたのか、あるいは見過ごされたのか――どちらにしても違いはない。彼はますます手に負えなくなっていく。オーガスタは傷口をおおうのはあきらめ、二本の指で上腕部の動脈を押さえることに集中した。やがて出血もおさまってきた。ちらりとベッドの向こうを見ると、ミーク看護師はまだ眠っていた。硬い床にもかかわらず、気持ちよさそうにいびきをかいている。

患者がもう一方の腕を振りまわし、オーガスタはぎりぎりのところでぱっと頭を引っこめた。足音が聞こえたときには、ほっとしてため息をついた。戸口に背を向けていたので振り向けなかったが、あまり大きくない声で呼びかけた。「スティーヴンズ？　アーチーか救急外科の研修医を電話で呼んで。誰でもいいわ。すぐに来てもらって！」

「私でいいかな？」オーガスタの背後でロジャーズ外科医長が言った。今も緑色の手術衣と帽子を身につけている。あまりに不機嫌そうで疲れたようすなので、オーガスタは叱責を受けるのではないかと思って覚悟した。同時に別の人が背後にいるのも感じ取った。大きな手が肩の上から伸びてきて、彼女のこわばった指から止血の役割を引き継いだ。

「僕が代わろう」コンスタンティンの声だった。「君は必要なものをとってこられるだろう」

オーガスタは病棟の中央に向かい、緊急時のために用意してあったワゴンとともに引き返した。疲れた脳はコンスタンティンがここにいる問題を解こうと格闘していた。閣下はぶつぶつつぶやいていたが、オーガスタがワゴンを押して近づいていくと、ただこう言った。「ふむ……糸がほどけたようだな……それに頭蓋内圧が上昇しているように見える……」彼はさらになにかをつぶやき、それから言った。「こちらはドクター・ヴァン・リンデマン。私と食事をしていて……手伝いに来てくれたのだ」

オーガスタは鉗子と開創器、針と糸を袋から取り出した。「私たちはもう会っているんです」まだコンスタンティンの顔を見る勇気はなかった。もしそうしたら、彼の腕に身を投げかけて泣きだしてしまうかもしれない。患者はおとなしくなっていた。コンスタンティンは傷口のすぐ上を止血帯でとめ、苦もなく動きを封じている。オーガスタは理性に逆らい、コンスタンティンと目を合わせた。彼はほほえみ、オーガスタもほほえみ返した。

ロジャーズ医長が誰ともなしに言った。「なるほど、君たちは知り合いというわけか」

「それもかなり」コンスタンティンが言った。「よろしければ、僕が代わりましょうか」

いや、結び目がほどけたせいだとロジャーズ医長がつぶやいた。彼は背筋を伸ばして振り返り、オーガスタが持っている鉗子にぶらさがる糸を受け取ろうとした。そのとき、床の上ですやすや眠るミーク看護師に彼の視線が落ちた。「君は看護師を働かせすぎだ。彼女は大丈夫なのか？」

オーガスタは鉗子を広口瓶に戻すと、五年の経験で培った自信をこめて言った。「かわいそうに失神したんです。とても優秀なんですが、予備学校を出たばかりで。眠っているだけなので、できるだけ早くベッドに行かせます」

鉗子を手渡すときにコンスタンティンと目が合った。いつものようにおもしろがっているらしい。オーガスタは真っ赤になって彼をにらみつけた。

ロジャーズ医長が顔も上げずに言った。「コンスタンティン、その子を見てくれないか。眠っているようなら、寮に帰してやろう。たぶん我々もキッチンでお茶を一杯飲むべきかもしれない。ブラウン看護師、もちろん君も付き合うね」

「ありがとうございます」仕事の振り分けを考えていたオーガスタは、いくらかうわの空で答えた。最悪のときは過ぎた。けれども、まだ仕事は山ほどあるし、朝になるまでは看護師の人数もたりない。彼女は時計を見た。どちらにしても、もう朝だ。

コンスタンティンはミークの上にかがみこんでいたが、やがて彼女を抱きあげた。「見たところ、どこも悪いところはなさそうだ。だが、ぐっすり眠っている。誰か看護師寮に連絡してくれないか。僕が彼女を寮まで連れていくから」看護師の一人が詰め所に向かい、彼は大股で立ち去った。

ロジャーズ医長のぶっきらぼうな指示により、オーガスタは病棟のキッチンに行った。椅子に腰かけるまで、自分がこんなに疲れているとは思わなかった。そこはこぢんまりとした居心地のいい部屋で、棚には食器を重ねたトレイがしまってあり、壁にはリストやメモがピンでとめてある。トムの卵アレルギーや糖尿病患者の食餌制限といった注意が数限りなく記されていた。その間に、さまざまな警告や縁起をかつぐメモが貼ってあった。壊れた陶器がどうしたとか、毎日ティースプーンの数を数えるとか、そういったたぐいのものだ。病院で長く過ごしてきたオーガスタは、こういったものについては無視している。だが、ロジャーズ医長はメモを見てまわり、文法の間違いを指摘したり、内容について辛辣な意見を言ったりした。やがてコンスタンティンが戻ってくると、彼はくるりと振り返って言った。「ああ、やっと来たか。このお茶は文句なしだ。彼女がパンにバターを塗ってくれると思うよ」

　だがコンスタンティンは、立ちあがろうとしたオーガスタの肩に手をのせた。「そのままでいいよ、オーガスタ。自分でやるから。寮長が待っていてくれたんだ。自分で階段をのぼらせるためにミーク看護師をゆすって起こしたんだが、苦労したよ」彼はお茶をつぐと、オーガスタに鋭い視線を向けた。

「君もへとへとだろう。いつになったら帰れる？」

「お昼には看護師長が来るでしょう。でも、私なら大丈夫。全然疲れていないもの」オーガスタはにっこりして嘘をついた。自分では気づかなかったが、疲労のせいで目にくまができ、顔色も悪かった。

「さて、我々は例の脾臓を診てきたほうがいいだろう。君はあの裂傷患者の頭部のレントゲン写真を」ロジャーズ医長がオーガスタに命じる。疲れた顔とは裏腹のきびきびした声だ。オーガスタはいやおうなしに病室に戻り、ロジャーズ外科医長とコンスタンティンは病棟をあとにした。脾臓の患者はまもなく手術室に送られた。オーガスタは看護師一人を裂傷患者に付き添わせると、掃討作戦と称する清掃作業を実行する小さなチームを編成した。

新しい一日が始まり、看護師たちは少しずつ入れ替わった。患者も仕分けがすんでいた。何人かはほかの病院に搬送され、何人かの重篤な患者は集中治療室に移った。そして幸運な数名は帰宅を許された。病院はいつものリズムを取り戻し、疲れきった研修医たちはひげを剃って仮眠や朝食をとり、新たな一日に備えた。各病棟の看護師長はスケジュールを組み直した。徹夜組は少なくとも最低限の睡眠がとれるだろう。看護部長が朝食後オーガスタに会いに来て、看護師長が出勤するまで残れるかとあらためて尋ねた。「そうしてくれたら、今日はもう来なくていいわよ。臨時雇いの看護師たちも一日くらい余計に働いてくれるでしょう。それで今の状況もましになるわ」

オーガスタはむくれていた。あれからコンスタンティンに会っていない。少なくとも彼はこの病棟に顔を出すくらいしてもいいはずだ。そこで自分はまったく疲れていないし、看護部長が望むだけここにいるつもりだと言った。彼女はオーガスタを見て考えこんだが、ひと言礼を言っただけだった。その鋭い目が病棟をさっと見渡した。今も中央にいくつかベッドが置かれ、たくさんの器具が散らかっている。

背を向けながら看護部長が言った。「勤務が明けたら、ちゃんと睡眠をとるのよ」

正午直後に現れた看護師長が、引き継ぎをする前に、言葉で言い表せないほどひどい姿だとオーガスタに言った。オーガスタが看護師の出勤状況を説明し、新人のミークがどうして寮のベッドで寝ているかを報告すると、看護師長が指摘した。

「あなたこそ、まる一日ベッドで眠れそうな顔をしているわ。もう帰りなさい、ガッシー」

オーガスタはありがたく従った。入浴後ベッドに入って目を閉じると、あっという間に眠りに落ちた。ウィニーにゆすって起こされたとき、たった今目を閉じたばかりなのにと思った。オーガスタが体を起こすと、ウィニーがお茶のカップを手渡した。

「これを飲んで。あんたの彼氏が待ってるよ」

オーガスタはなかば眠った状態で、お茶を飲んだ。

「今、何時？　それに私に彼氏なんていないわよ」

「四時だよ。あの人は前に来たすてきなドクターで、あんたの彼氏だってわかっているんだ。だって本人がそう言ったんだから」

「とにかく、私は起きないわよ」オーガスタは音をたててカップを置くと、また寝るつもりで枕をたたいて形を整えた。「そんなつもりはないから」

「いや、起きるさ。彼はこう言ってたよ。〝僕にできるんだから、君にだってできるだろう〟って」

「もう、わかったわよ」オーガスタは大急ぎで服を着た。暑いくらいの午後だったので、下着は最小限にとどめ、華やかなピンクの袖(そで)なしのワンピースにした。これなら青ざめた頬も明るく見えるかもしれない。そして髪を念入りに整え、バッグを取りあげると、階段を駆けおりた。疲れは忘れていた。

コンスタンティンはヴァルキーと話していた。いらだたしいことに、まるで一晩じゅうベッドでやすんだように、すっきりしていて元気そうに見える。オーガスタが近づいていくと、ヴァルキーが大げさな調子で言った。「ああ、かわいそうに。顔色が悪いわ。疲れているでしょうに。それに働きすぎよ」

「病院の看護師たちはみんなそうですよ」コンスタンティンがあっさりと言った。すでに機嫌の悪かったオーガスタはむっとして彼をにらみつけた。

「だからといって、私を起こしていいわけじゃないでしょう。四時間も眠っていないのに……」

「いいんだよ」コンスタンティンの声はいやになるほどなめらかだ。「君は若いし健康だ。まったく問題ない」彼は魅力たっぷりにほほえんだ。「思ったんだ……君は僕と出かけたいんじゃないかって」

彼はオーガスタの手をとり、笑顔のヴァルキーにさよならを言うと、車に向かった。コンスタンティンが運転席に乗りこんだとき、オーガスタは尋ねた。

「どこに行くつもり？」なおも不機嫌な声だ。

彼は身を乗り出し、オーガスタの青ざめた頬にキスをした。「今にわかる」その声は温かく、心地よかった。彼女は少し自分が恥ずかしくなった。

十分後、車はレディ・ベルウェイの住む静かな区画に通じる道に入り、彼女の家の前でとまった。短い道のりの間、無言だったオーガスタは、ちらりと見るなり、憤慨してまくしたてた。「とにかく私は中に入らないわよ――」

「君が疲れているのは知っている。だが、いつもの機嫌のいい君に戻ってくれ。レディ・ベルウェイはここにいない。僕の代わりにスーザンに会いにパリに行ったから。あれはとんでもない事故だった。あんなに被害が大きくなければ……」コンスタンティンはため息をついた。「ここでお茶でも飲もうと思ったんだよ。ここなら静かだし、君が居眠りするにしても、ゆっくり眠れるだろう」

この言葉にはオーガスタの目を覚ます効果があった。「私は眠るつもりなんてないから」そう言いながらも、彼の手をとって車から降りた。

執事がドアを開けた。彼は礼儀正しい挨拶のあと、庭に案内するので、そちらにお茶をお持ちしましょうと言った。彼は玄関ホールの奥の廊下を進み、ドアを開けて、フランス窓のある部屋に導いた。その先に小さな庭があり、テーブルと座り心地のよさそうな椅子が何脚か置いてあった。二本の菩提樹の間にはハンモックがかかっている。

オーガスタは芝生を横切り、声をあげた。「楽園みたい！」ハンモックに横たわろうとしたが、コンスタンティンを振り返った。「どうしてあなたがわざわざこんなことをしてくれるのかわからない。だって、私はすごく……すごく怒っていたのに」

彼はこの言葉を認めたあと、付け加えた。「でも、僕には君の知らないことがたくさんある」

オーガスタはハンモックに腰かけ、コンスタンティンはその向かい側の椅子に座った。たしかに、彼について私が知らないことはたくさんある。もっと深くかかわる前に、少なくともそのいくらかは知っておきたい。もしかしたら彼は結婚を申しこむのでは？　オーガスタはそう考えて顔を赤らめた。突然最高の気分になり、つい軽率に尋ねた。

「どうしてスーザンと結婚しなかったの？　彼女のことを知りたいわ。だってあなたは……」オーガスタはそこで言葉を切った。「たった今、言ったでしょう。彼女に会いにパリに行くはずだったと……」

コンスタンティンはまったくいらだっていない。うろたえてもいない。「ああ、言ったよ。だが、それについては話さないほうがいいだろう」彼はとてもやさしそうな微笑を向けた。怒らせたくない相手に肘鉄砲を食わせるときに見せるような笑みだ。

たしかに肘鉄砲を食わされてもしかたない。オーガスタはそう思いながら、硬い声で言った。「ここはすてきな庭ね」コンスタンティンにからかうようなまなざしを向けられ、青白い顔に赤みが広がるのを感じる。ほっとしたことに、お茶が運ばれてきた。大きな銀のトレイの上には、小さなお菓子とサンドイッチもある。彼女はサンドイッチを味見して、なにを感じていようと食欲はあるとわかった。

「そう、すてきだね」コンスタンティンが同意する。「聖ユダ病院の近くでこんなにすばらしいところはほかに思いつかないな」

「レディ・ベルウェイは留守中に私たちがここに来ても気にしないの？」

「気にしないよ。とにかく、さっきスーザンに電話したときに伝言を頼んでおいた。僕がこの庭を借りたのも、これが初めてじゃないし」彼は慎重に言い添えた。「いいかい、オーガスタ、僕が……邪悪な過去を明らかにしても、君が僕を愛していると認めることはない。僕が認めるまでは……そうだね？」

オーガスタは味わいもせずにお菓子をのみこんだ。「ええ」彼女は大胆に言った。「スーザンは気にしない？　私がここにいても？」

オーガスタにはコンスタンティンの表情が読み取れなかった。彼は冷たく言い放った。「なんだってスーザンのことばかり繰り返す！　わけがわからないよ」彼はカップを置くと、椅子から立ちあがり、オーガスタの隣に座った。それから彼女のカップも取りあげてテーブルに置いた。「これでひと眠りしたい気分になるかな？」

オーガスタはコンスタンティンの腕が肩にまわされるのを感じた。彼の広い肩が間近で誘いかけている。オーガスタはそこに頭をもたせかけると、不安を口にした。「私たち、いつも意見が同じというわけじゃないわ。それに、私はあなたの考えていることが全然わからない」

「それなら簡単に答えられる。二人の人間がいつも同じ意見だったら、死ぬほど退屈でおたがいをだめにしてしまう。僕の考えていることについては……今はやめておこう。ゆうべは大変だったんだろう」

「最悪よ。かわいそうに……二十三人も亡くなったのよ。忘れられないわ」

「いや、大丈夫。忘れられるさ、オーガスタ。少なくとも、君は感謝される立場にいたんだ。新聞で記事を読み、なにかしてあげたかったと思うのではなく、助けるためにできることをしたんだからね」

オーガスタは彼の胸に向かってうなずき、一分後に尋ねた。「あなたは聖ユダ病院の全員と知り合いなの？」静かな笑いが彼の胸をゆらした。

「全員じゃないよ。だが、ドクター・ソームズがロジャーズとウェラー‐プラットの知り合いだった。だから、彼らのことは子供のころから知っているんだ――准将を知っているようにね」

「それで、あなたのお母様は？」

「ずっと昔に亡くなった。僕が十六歳のときに。ハイブと僕にはオランダの祖父母がいたし、言うまでもなく、こっちにはレディ・ベルウェイとドクター・ソームズがいる。母が亡くなったとき、僕の父はひどく落ちこんだ。僕たちはそう密接な親子じゃなかったと思う。父は子供たちが立派な教育を受けられるようあらゆることをしてくれたし、僕たちはなに一つ不自由しなかった。ただし、愛情だけは別だ。僕が子供を持ったら……」

オーガスタは顔を上げて夢中で彼にキスをした。それから思いやりをこめて言った。「あなたはすばらしい父親になるわ。子供たちはあなたのことが大好きになるでしょう。それはあなたが子供たちに愛を与えるからよ」

コンスタンティンが彼女を見おろした。彼の目は明るく輝いている。「そうだね。そうなると信じている。どうして僕にキスしたんだ？」

オーガスタは彼の目を見て、いくらか早口でまくしたてた。「あなたを心から愛しているから。あなたが不幸せになるなんて耐えられないの」睡眠不足と、今も緊張状態にあるせいで大胆になっていた。こんなことを言うつもりではなかったが、どういうわけか自分を抑えられなかった。恥ずかしくなって顔をそむけたとき、近づいてくる執事が見えた。

体を起こそうとするオーガスタを、コンスタンティンの手がしっかり押さえ、老人が伝言を伝えるときもそのままでいた。「ミス・スーザンからお電話です。緊急だとおっしゃっています」

　オーガスタはコンスタンティンの腕がゆるみ、離れていくのを感じた。「すぐに戻るよ」

　彼は大股に歩いていった。急いでいるのは否定できない。オーガスタは少し眉をひそめた。コンスタンティンがなにを言おうと、スーザンは彼の人生に大きくのしかかっている……。

　五分後にコンスタンティンが戻り、椅子に腰を下ろした。なにかに気をとられているのか、いらだっているようにも見える。だが、彼の口調はじゅうぶん穏やかだった。「君はなにがしたい、オーガスタ？　車で郊外にでも出かけて、静かなところでディナーにするかい？」

　オーガスタがこの提案に同意しようとしたとき、執事がまた現れた。「ウルデールからお電話です」

　コンスタンティンはまた立ちあがった。今度は眉間に小さなしわが寄っている。それでも声に変化はない。「すまない、オーガスタ。重要な用件かもしれない。僕がいないとどうしようもないことがあってね。僕が戻るまで、ひと眠りしたらどう？」

　オーガスタはひと眠りする気分ではなかった。なにかが彼の心を占領している。しかも、私に言うつもりがないのも明らかだ。十分後にコンスタンティンが戻り、ふたたび腰を下ろした。その顔は冷静だったが、先ほどと同じ質問を繰り返したとき、淡い色の目は暗かった。今度はオーガスタも同意する気はなかった。「悪いけど、寮に戻ってもいいかしら？　本当に疲れちゃって」

　オーガスタはにっこりした。コンスタンティンの目に安堵の表情が一瞬だけ浮かぶ。それでも彼は腕時計を見て言った。「全然よくないよ。だが、君をベッドに返してあげよう。ところで、電話台にこれがあった。君宛だ。投函するはずだったと思うが、今渡したからといって悪いこともないだろう」

　コンスタンティンがポケットから封筒を取り出し

た。レディ・ベルウェイの流麗な手書きの文字で彼女の宛名が記されている。それはミス・スーザン・ベルサイズの二十一回目の誕生日を祝って、十日後に開かれるダンスパーティの招待状だった。

オーガスタが顔を上げると、コンスタンティンが見つめていた。

彼女はためらった。「もちろん、君は来るんだろうね」「なんとかこの日の夜は休みをとるわ。看護師長に予定がなかったら、だけど」コンスタンティンはほんの数日前、少なからず私に恋している、待つつもりだと言ったのだ。あれは私が彼と結婚する決心がつくまで待つという意味だと思っていた。でも、今はそれも確信が持てない。もしかしたら彼はスーザンを愛していて、彼女にやきもちをやかせたいのかもしれない。

コンスタンティンはなかば笑いながら言った。「オーガスタ、また複雑な話を作りあげているだろう」彼は立ちあがると、またオーガスタの隣に座った。「君が僕を愛していると言ってから、まだ三十分もたっていないんだぞ」その声はこの上なくやさしい。「もし僕が結婚してくれと頼んだら、君はイエスと言うのかな？　さっきはそう思っていた――だが、今は違う」コンスタンティンがオーガスタの体をまわして自分のほうに向き直らせた。彼はもう笑っていなかった。「とはいっても、僕がそうなら……君は僕を愛しているんだろう、ローリー？」

オーガスタは疲れ、不安で、しかも今にも泣きだしてしまいそうだった。だから、ひどくむっつりして答えた。「ええ、そうよ。それに、どうしてだか全然わからない」

するとあっという間に抱き寄せられ、先ほどの言葉と同じくらいやさしいキスを受けていた。やがてコンスタンティンが言った。「これから何日間か、僕がいなくても気にしないでくれ。カンブリアに行かなければならないんだ。戻ったら連絡するから」

オーガスタは彼に寄り添い、肩に頭を預けた。ウルデールはカンブリアにある。いったいあそこにどんな重要な用件があるというの？「今にも眠ってしまいそう。もう行くわ。さもないと、あなたは哀れなミークのように私を抱えていくことになるわ」

コンスタンティンはオーガスタを寮の入口まで送っていき、ヴァルキーのうれしそうな視線を受けながら、ふたたびキスをした。

「いつカンブリアに行くの？」オーガスタは眠そうに尋ねた。「今夜じゃないでしょう？」

「たぶんね。事と次第によるんだ。まずパリに電話しないと。今はこの問題で君の頭を悩ませないでくれよ」彼はもう一度そっとキスをした。オーガスタは階段をのぼって自分の部屋に行き、寝る支度をした。なぜ彼がパリに電話しないといけないのか考えたかったが、あまりに疲れていた。ベッドに入って枕に頭をつけたとたん、眠りに落ちた。

8

オーガスタがコンスタンティンを見たのは、その翌日だった。彼女は救急病棟に駆り出され、救急車でストーク・マンデヴィルに搬送される脊髄（せきずい）損傷の男性に付き添った。もう少しでA四〇号線に入るというとき、救急車が渋滞に引っかかった。すぐ隣にコンスタンティンの運転するロールスロイスがすっととまった。あまりに近かったので、窓を開けたら彼の車に触れられそうな感じだった。彼は助手席のスーザンと話していた――言い争いをしているようだ。コンスタンティンが向きを変え、救急車の暗い窓を見あげた。彼には見えるはずもないのに、オーガスタはとっさに身を引いた。コンスタンティンは疲れ、怒り、いらだっているようすで、スーザンは泣いているように見えた。車が流れはじめると同時に救急車も前に進み、やがて追い越していったロールスロイスは、あっという間に見えなくなった。

仕事中はこの出来事について考える余裕がなかった。制服姿で自分の部屋に戻った今、オーガスタはあらためて頭の中を整理しようと思った。コンスタンティンはカンブリアに行くが、その前にパリに電話をかけると言っていた。つまりスーザンだ。そして彼女は戻ってきた。たぶんスーザンもカンブリアに行ったのだろう。たしかA四〇号線はM六号線にどこかでつながっていた気がする。

けれども、どうしてコンスタンティンはあれほど怒っているように見えたのか、なぜスーザンが泣いていたのか。そしてなにより、どうして彼はほんのわずかでも真実を話してくれないのだろう。もし男性が多少なりとも女性を愛していたら、信頼して話すのが当然では？　たぶん彼は私を愛していないんだわ……。オーガスタはひとしきり泣いたあと、決然と顔を洗って髪をとかし、また座って考えた。今度はレディ・ベルウェイについてだ。なぜ彼女がパリに行かなければならないのだろう？　車椅子や付き添いの看護師、杖（つえ）が必要なのだから、楽な旅ではない。スーザンがイギリスに戻ったのは、レディ・ベルウェイに連れ戻されたから？　それともコンスタンティンが彼女になにか言ったから？

オーガスタはとうとうあきらめた。答えが出るわけでもない。ベッドに横たわると、コンスタンティンに愛していると告白したときのことが思い出された。言わなければよかった。その記憶を追い払おうとしながら寝返りを打ち、やがて眠りに落ちた。

翌朝は気分も少しましになっていた。きっとなにか筋の通った理由があるのだろうと思った。オーガスタはコンスタンティンに会うまで待つしかない。

レディ・ベルウェイの招待に応じる返事を投函(とうかん)すると、明るく元気にふるまおうと決意した。だが、四日たっても、コンスタンティンからは連絡がなかった。たしかに彼は連絡しないと言っていた。だからといって、不安がなくなるものではない。寮の仲間たちがダンスパーティになにを着ていくかという議論を闘わせていた。結局オーガスタはみんなに説得されて、新しいドレスを買った。茄子紺(なす)のプリーツが入ったシフォンドレスだ。それに、甲にパールの房飾りのついたサンダルも買ってしまった。その夜はドレスリハーサルが開かれ、髪のセットの上手なメアリーが、オーガスタの頭のてっぺんに手のこんだカールをたくさん作った。何人かがドレスにはおるショールを貸してあげようと申し出た。

翌日、オーガスタが大急ぎで朝食をとっていると き、ベイツが昨日スーザン・ベルサイズを見かけたという話をした。「なんと〈カルティエ〉から出てきたのよ。相変わらずすてきだったわ。あの背の高い金髪の男の人も一緒だった。私が特別病棟にいたとき、レディ・ベルウェイに会いに来ていた人よ。とっても仲がよさそうだったわ」彼女は顎を上げ、オーガスタが座るほうを見た。「彼って、あなたのあとを追いかけていたわよね、ガッシー？　とにかく、手ごわい敵がいるってことね」

誰もが笑い、オーガスタも一緒に笑った。誰もコンスタンティンに対する私の気持ちなど知らない。ベイツはただ、ひやかしただけだ。けれども、ひやかしにはいやみがある。

その日は最初からなにもかもうまくいかなかった。カルテを置き忘れ、そこにあるはずのレントゲン写真がなく、不注意な看護師が病理学実験室に送られる貴重な標本を捨ててしまった。しかもロジャーズ外科医長が回診のときにすべてのあらを見つけた。彼が去ったあと、オーガスタは看護師長と詰め所に行き、陰鬱な沈黙の中でコーヒーを飲んだ。やがて看護師長が明るい声で言った。「そういえば、あなたの明日の休みのことなんだけど、半日休みを増やして、土曜の一時に勤務に戻るのはどう？　この前の超過分をそこに入れたらどうかしら」

オーガスタは即座に同意した。実家に帰ろう。短い間だけでも、コンスタンティンを忘れるのだ。

その日のうちに帰ると連絡した娘を、母親がシャーボーン駅で出迎えた。オーガスタがモーリスを運転し、家に戻る道で最近あった出来事をくわしく話して聞かせた。コンスタンティンが病棟に来たとか、お茶を一緒に飲んだとかいう部分は軽く触れるだけにとどめた。オーガスタがようやく話しおえたとき、ミセス・ブラウンが言った。

「わくわくしちゃうわね、ローリー。コンスタンティンと結婚するつもりなの？」

不意をつかれたオーガスタは、すさまじい音をたててギアを替え、古い車は爆音とともにカーブをまわった。彼女はゆっくりと、いくらか力なく母親の問いに答えた。「申しこまれたわけじゃないし。それでは、イエスもノーもないでしょう」

「でも、イエスって言うんでしょう？」

オーガスタはうなずいた。「とにかく、私は彼に気持ちを伝えたわ……でも、なにかが彼を押しとどめたの。そうね、たしかに私は疲れていて不機嫌だった。それで彼が思いとどまったのかもしれない……いいえ、あれはそんなんじゃなかった」

「その話はしたくないのね？」

「ええ……わかるでしょう？」オーガスタは明るい声で続けた。「みんなはどう？　お母さんもエマおばさんから長い手紙をもらったでしょう？」

会話は家族のいつもの話題に移った。オーガスタは門を抜けて、開いたドアの前に車をとめた。

遅い午後の日の光の中、家は温かく、静かなたたずまいを見せていた。犬たちが飛びはねながらやってきた。猫のモーディとフレッドもあとからついてくる。一行全員が家の中に入り、オーガスタはフレッドを肩にのせて自分の部屋に向かった。我が家でゆっくり考える時間が持てるのはすばらしい。けれども、翌日の午前中になっても考え事はしなかった。オーガスタは忙しくボトムの世話をした。鼻歌を歌いながら、ボトムの体につや出しを塗っていると、足音を耳にしたボトムが振り返った。オーガスタも歌うのをやめて振り向いた。コンスタンティンがのんびりした足取りでこちらにやってくる。近くまで来たところで、彼が言った。「やあ、ダーリン、ミス・ブラウン。どうして黄色のワンピースでハンモックに横たわり、僕の夢を見ていない？」

オーガスタは呼吸がもとに戻るまで一分ほど待ってから言った。「あなたが来ると知っていたら、そうしていたわ」コットンのセーターとスラックスという自分の姿が意識され、少し不機嫌な口調になった。その一方で、コンスタンティンを見たことで、すべての疑念と混乱した思いが崩れ去ったのも意識していた。大事なのはコンスタンティンがここに来たこと、そして自分がふたたび彼に会えて天にものぼる喜びを感じていることだ。

コンスタンティンはボトムの耳をかいてやりながら、オーガスタをじっと見つめていたが、やがて口を開いた。「そのままでもとてもいいけどね」そしてボトムの頭の上に身を乗り出して、オーガスタの頬にキスをした。「君が明日じゃなく今夜ロンドンに戻ってもいいなら、僕が送っていくよ。途中で食事をしよう」

オーガスタはろばの鼻を撫でながら、疑わしげに言った。「まあ、またロンドンに引き返すの？」

「そうだよ。スーザンのパーティのあとにまた来るが」声は明るいし、ほほえんではいたが、それでもコンスタンティンはなにも明かさないだろう。「わかったわ。ありがとう」こんなこわばったよそよそしい声にならなければいいのに、とオーガスタは思った。

するとコンスタンティンが言った。「僕に会えば、君が喜んでくれると思っていたんだが」

オーガスタはかすかに顔を赤らめた。「喜んでいるのよ。ただびっくりしただけ」そして彼にほほえみかける。

「そのほうがいい」コンスタンティンが彼女の腕をとった。「ランチに招待してくれないのかい？」

腕に彼の手を感じた瞬間、オーガスタはどんなことでも招待したくなった。「もちろん招待するわ。でも、ドクター・ソームズのほうはいいの？」

コンスタンティンが首を振った。「ゆうべ遅い時間にロンドンに着いたんだ。それで聖ユダ病院からまっすぐここに来た」オーガスタの問いかけるようなまなざしを受けて、彼はいつもの気楽な声で続けた。「君に会いに行ったんだよ。なんとかゆうべの早い時間に戻ろうと努力したんだが、時間をとられてね。午前二時に看護師寮に侵入するわけにもいかないし。どちらにしても君はいなかった」

二人は囲い地をゆっくりと横切り、家に向かった。

「僕のいない間、どうしていたのか教えてくれないか、僕のオーガスタ」

これはまさにオーガスタが彼に投げかけたい質問だった。「とても退屈だったわ」

「それは当然だろう。僕がいなかったんだから」

軽い会話を続けなくてはいけない気がして、オーガスタは笑った。「それであなたのうぬぼれが満たされるなら、そういうことにしておくわ。実を言うと、そんなに退屈でもなかったのよ。パーティのために新しいドレスを買いに行ったから。それにショールを借りたり、試しに髪をセットしたりで」

コンスタンティンが足をとめた。「どうやってやるんだい？」

「私がするんじゃないの。私にできるのは、ねじってってっぺんでとめるだけだもの。女の子の一人がプロみたいに上手なのよ」

オーガスタが足を踏み出すと、コンスタンティンが引きとめた。「最愛のミス・ブラウン、頼むから……僕だけのために赤い髪はそのままにしておいてくれないか？　僕はそういう感じが好きなんだ」

オーガスタはびっくりした顔をした。「こんな適当なのが？」

コンスタンティンが笑った。「いくらかカールさせて君が幸せになるなら、それでもいい」

彼はオーガスタをじっと見つめていた。暗く陰って見えるその目で見つめられると、オーガスタはいつも不思議な浮きたった気分になる。「それが……あなたの望みならかまわないわ。別にどうでもいいの。それで私の顔が違って見えるわけでもないし」

オーガスタを引き寄せると、コンスタンティンが真剣に言った。「いや、なにをしようと、君の顔は違って見えたりしない。君自身も」彼は突然笑顔になった。その目は奇妙な陰りがなくなった。「どんなドレス？」明るく、からかっているような声だ。

「ゴージャスなのよ。ジーン・アレンのデザインで。茄子紺だから、赤い髪が少し落ち着いて見えるの」

「それは残念だな。せっかくそのにんじん色の髪が好きだってわかったのに」

「好きじゃないって言っていたでしょう」彼の目のきらめきに気づいて、オーガスタはあわてて続けた。「ランチに遅れるわ。手伝うって約束したのよ。それに着替えも必要になったわ」

「僕のために？　どうして？　僕は客じゃないだろう？　少なくともそうじゃないと願いたいね」

コンスタンティンが足をとめてオーガスタを抱き

寄せた。キッチンのドアから興味津々で見ているミセス・ブラウンにもかまわず、彼はゆっくりと楽しみながらキスをした。

食事は楽しく、笑いとおしゃべりにあふれていた。コンスタンティンがオーガスタを〝僕のダーリン〟と呼んでも、物議を醸すことはなかった。だがその後、彼はお茶の時間に迎えに来ると言って、名付け親に会いに行った。

コンスタンティンは帰り道に食事をしようと言っていた。彼が覚えていてくれた、あの黄色のワンピースを着る絶好の機会のように思える。オーガスタはコンスタンティンが出かけた直後から荷造りを始め、ワンピースをベッドの上に広げておいた。

彼が戻ってきたころには、すっかり支度もすんでいた。二人は明るく手を振って挨拶し、車はA三〇号線に通じる間道に向かった。いったん幹線道路に入ったところで、コンスタンティンがロールスロイスの速度を上げた。金曜の夜にしては驚くほど道がすいている。オーガスタは通り過ぎる田園風景を見つめ、漠然とした落胆を味わっていた。この調子では、二、三時間もすればロンドンに着いてしまう。それに彼は食事のことも言わない。実際、会話はありきたりのことばかりだった。なにかが彼を悩ませている。眉間の小さなしわが、そう伝えていた。車はシャフツベリーを抜けたあと、ふたたび速度を上げた。コンスタンティンが唐突に言った。「僕が君を早くロンドンに送り届けようとしていると思っているんだろうね。だが、それは違う。ギルフォードの近くの村にある〈ウィジーズ〉という店に予約を入れたんだ。ロンドンからは一時間たらずだから、急いで食事する必要はない。君は遅くなってもかまわないんだろう？」

オーガスタはうれしそうに言った。「まあ、そうだったの。私は一時までなら大丈夫」

「よかった」コンスタンティンがちらりと笑みを見せた。「その黄色のワンピースを着ていると、最高にすてきだ。君はとても落ち着いているな、オーガスタ。ききたいことがあっても質問せず、わがままを言ったり、ヒステリックにわめいたりもしない」

「でも、私は一度もヒステリックにわめいたことはないんだけど」彼はスーザンを思い浮かべたのだろうかとオーガスタは考えたが、あんなことを言われた以上、とても尋ねられない。楽しい会話を続けるうちに車はギルフォードに近づき、わき道を通って〈ウィジーズ〉の前でとまった。小さなレストランだったが、料理は最高だった。コンスタンティンがシャンパンのボトルを注文したので、オーガスタは驚いた。ウエイターが去ったあと、彼が言った。

「僕がなにを言うかわかっているはずだ、最愛のオーガスタ。僕と結婚してくれるかい?」

オーガスタは声の限りにイエスと叫びたいところだったが、落ち着いた顔でテーブルの向かい側のコンスタンティンを見つめた。「ええ、コンスタンティン、あなたと結婚するわ」

「午前中にききたかったんだ」コンスタンティンが言う。「でも、君のお母さんが……」

オーガスタはくすくす笑った。「母がこわいなんて言わないで!」

「いや、彼女は楽しい人だ。だが、どういうわけか、こういうときには二人きりのほうがいいと感じてね……車を飛ばしているときにプロポーズするなんて論外だし、聖ユダ病院の入口で申しこむのも気が進まない。十中八九、門衛にじろじろ見られることになるだろうからね。だから、ここしかなかった」

オーガスタもこれには笑った。二人はシャンパンを飲み、のんびり食事を楽しんだ。レストランを出たときには、すでに十一時を過ぎていた。

車の中でコンスタンティンが彼女にキスをした。

「今度のダンスパーティが終わったら、結婚式の計画を立てよう。いいね？」

キスでぼうっとしていたオーガスタは震える声で答えた。「そうね、あなたさえよければ。あなたは仕事が山積みでしょう」

コンスタンティンがうなずいた。「ありすぎるほどにね。だが、後見人の期限が切れたら、すぐにスーザンのことは手から離れる」

オーガスタは思わず尋ねた。「彼女にはすてきなプレゼントを贈るんでしょう？」

この問いに、コンスタンティンは答えなかった。「それで思い出した。指輪について希望はあるかい、オーガスタ？」

「私のこと？　どうかしら……考えたこともなかったし。そうね、あっと驚くようなものだったら」

「きっとあっと驚くよ、ローリー」彼はハンドルから手を離すと、一瞬だけオーガスタの手に触れた。

二人は真夜中過ぎに聖ユダ病院に戻った。夜間の門衛が詰め所の前を通り過ぎる二人に、眠そうな一瞥(いちべつ)を向けた。通路の突き当たりのドアに着くと、コンスタンティンはドアを開け、壁にもたれてオーガスタを見つめた。オーガスタの言葉は少々早口になった。「送ってくれてありがとう。それにディナーをごちそうさま」本当に言いたかったのは〝愛しているわ〟だが、どういうわけか言えなかった。

コンスタンティンがオーガスタを抱き寄せて、そっと言った。「君はやさしいね。お礼を言わないといけないのは僕のほうなのに」そしてもう一度キスをした。その後オーガスタは宙に浮いているような気分で中庭を横切り、階段をのぼって自室に入った。どうやってそうしたのかもわからず服を脱いだあと、将来の幸せを夢見ながらベッドに横たわった。

翌日コンスタンティンから花が届けられたが、メッセージはなかった。電話がかかってくるか、手紙が届くかもしれないと思った。そしてどちらもなかったとき、彼は忙しいと言っていたと考えて、自分を慰めた。翌日は日曜日なので、どちらにしてもポストにはなにも届かない。もしかしたら彼はドクター・ソームズのもとに戻ったのかもしれない。月曜日は朝食も喉に通らなかった。その日は手術の日で、最初の患者と階下の手術室に下り、麻酔医の補佐をした。その間に、ラブレターとはほど遠い、メモと言うべき簡潔な手紙が届いていた。明日の夜九時に迎えに行くとだけ記され、お決まりの結びの言葉とイニシャルが書き添えてあった。

翌日の夜、九時になるずっと前から支度はととのっていた。寮の仲間がオーガスタのまわりに集まって、お茶を飲みながら、あれこれ言っている。コンスタンティンが来ているか階下に見に行ってくると申し出たのはメアリー・ウィルクスだった。彼女はあっという間に戻ってきた。「彼、来てるわよ、ガッシー——正装で、とってもすてき!」

オーガスタは慎重に〈ピエール・バルマン〉のジョリー・マダムを吹きかけた。「ええ、そうでしょうね」

メアリーが尋ねる。「彼が薔薇(ばら)の贈り主よね?」

「ええ」オーガスタは借り物のショールを肩にかけてドアに向かった。「お茶を全部飲まないでね」そしてあとから思いついたように言い添えた。「私、彼と結婚するの」

階段を下りるオーガスタの耳に、興奮した仲間のおしゃべりが聞こえてきた。階段のふもとでコンスタンティンが彼女を待っていた。オーガスタは顔を上げ、頬にそっと触れる彼の唇を感じた。

「いい香りだね、ローリー。それにみごとなくらい時間ぴったりだ。ドレスをしっかり見せてくれ。それとも今はおあずけかな?」

オーガスタはその言葉に気をよくしてショールを

さっと脱ぐと、彼の視線にドレスをさらした。

「ああ……完璧だ。君はきっと賞賛のまなざしを受けるよ。本当に美しい」

「それは私が恋をしているからよ」オーガスタは無意識に言ってほほえんだ。コンスタンティンが両手でオーガスタの手をとって彼女を見おろした。

「君はやさしいねと言ったが、また同じことを言うしかない」彼は頭を下げてまたキスをした。今度は唇に、しかもまったく穏やかなキスではなかった。

二人が到着したとき、ダンスパーティはすでに始まっていた。もっとも、二人のあとからほかの招待客が続いている。玄関ホールは明るい照明に照らされていた。少し気圧されたオーガスタを、すぐさまコンスタンティンの静かな声が安心させた。

「必要なときには君のそばにいるよ、ローリー」彼はオーガスタのショールをメイドに手渡した。

二人はゆっくりと階段をのぼった。コンスタンティンは手を彼女の肘に添え、広い空間を横切って、家の奥にある舞踏室に向かった。そこはかなり広く、人でいっぱいだった。ドアのすぐ内側でレディ・ベルウェイが椅子に座ったまま客に挨拶していた。隣に立つスーザンは、ひと財産はかかりそうな銀色の紗のドレスに身を包み、とても美しい。オーガスタは礼儀正しく老婦人に手を差し出した。すると、その手を引っ張られて頬にキスを受け、温かい歓迎の言葉を言われた。スーザンが言い添えた。「うまくやったわね、オーガスタ。とってもうれしいわ」そのほほえみに温かさが欠けているとオーガスタは気づいた。そしてスーザンの次の言葉が耳に入った。

「あとで話があるの、コンスタンティン」

コンスタンティンに腕をとられたまま、オーガスタは部屋の奥へと進んだ。スーザンがコンスタンティンに話があるのは当然だ。少なくとも、あと数時間は彼は後見人なのだから。けれども、どうしてスーザンはあれほど必死で切羽詰まったように見えたのだろう？　オーガスタはその疑問を心の片隅に押しやり、コンスタンティンが紹介する人々に注意を向けた。やがてコンスタンティンが言った。「今、ダンスをしなければ、しばらくチャンスがなさそうだ」そう言われて、オーガスタはすべてを忘れた。

二人は曲が終わるまで踊った。ハイブに次のダンスを申しこまれて踊りはじめると、オーガスタはコンスタンティンの姿を見失った。そのあとは続けざまにいろいろなパートナーとダンスを楽しんだ。どこかの国の軍服を着た年配の紳士と踊っているとき、レディ・ベルウェイが呼んでいるのに気づいた。

「寒くなってきたの」老婦人が少し機嫌を損ねたように言った。「それに誰もいないし……いい子だから、私の部屋に行って、窓辺の椅子に置いてあるショールを持ってきてちょうだい。ペイズリー柄よ」

オーガスタはパートナーに目であやまると、老婦人に言った。「ええ、もちろん私がとってきます、レディ・ベルウェイ……部屋はどこですか？」

「この階にあるわ。階段のところで左手に曲がって、廊下のいちばん奥よ」

オーガスタは混雑した部屋をゆっくりと出口に向かいながら、コンスタンティンの姿をさがした。人が多くても、彼は背が高いからすぐわかる。けれども見つからないので、わずかに眉をひそめて不安を押し殺した。レディ・ベルウェイの部屋にたどり着き、中に入った。そこは広い部屋で、バルコニーに出られる大きなフランス窓がある。カーテンが開いていたので、明かりをつける必要はない。窓辺の椅子とショールが見えた。部屋を横切るときに足をとめて、コンスタンティンとお茶を飲んだ庭を見おろした。彼の声に気づいたのはそのときだ。すぐそばで聞こえたので、びっくりして部屋を見まわしたほどだった。ひと言ひと言がはっきり聞こえる。

「スーザン、それは無理だ」コンスタンティンが言っている。「今朝、決めたばかりだと思ったが」辛抱強く話しているようだが、同時にいらだっているようでもある。一方、スーザンは涙声で答えた。

「どうして無理なの？　あなたはすっかり変わってしまったわ、コンスタンティン。ずっと私には幸せになってほしいって言っていたじゃないの。今では私のことなんて全然気にしていない」

「誰かを犠牲にして幸せにはなれない。わからないのか？　彼女が君になにをした？　彼女の人生を破壊していいほどのことか？　あんなにやさしくて親切で誠実な人なのに。彼女には愛もある」

「彼女のことなんてどうでもいいわ。私だって愛しているのよ。それを忘れたの？」

コンスタンティンの声はうんざりしているように聞こえた。「忘れるわけがないだろう。許されないんだから。だが、僕は彼女に約束したし、その約束を撤回するつもりもない」

オーガスタはじっと立ち尽くしていた。体の奥深くに冷たい不快な感覚がわきあがる。二人は私のことを話している。ほかに誰がいるの？　コンスタンティンに愛を告白したときのことがよみがえった。考えてみると、彼が愛していると言ってくれたことは一度もない。空虚な無力感に襲われ、思考も感情も麻痺（まひ）していた。オーガスタはショールを取りあげてきちんと折りたたむと、腕にかけたまま、凍（い）てつくような静寂の中で会話の続きを待った。だが、それ以上はあまりなかった。スーザンの声は恨みがましく、怒りに満ちていた。「本当に結婚するの？」「いとしいスーザン、この件が片づかなければ、無理なのはわかっているだろうに」そしてきびきびした声が続いた。「涙をふいて、その顔をなんとかするんだ。君が長い間いなければ、みんなに不審に思われる。余計な噂を立てられるのはごめんだ。顔に笑みを張りつけて、ケーキカットに行きなさい」

オーガスタは部屋を出た。二人より先に舞踏室に戻らなくてはならない。コンスタンティンは勘が鋭いから、私がそこにいなければ、どこにいるのか考えるだろう。一つだけたしかなことがある。彼に疑問を抱かせるようなことは絶対にしてはならない。あとで、もう少し頭がまわるようになったら、なにをすべきか考えよう。もっとも、どうするかはすでにわかっている。オーガスタは舞踏室に戻って、レディ・ベルウェイの肩にショールをかけた。そして胸にたくさんメダルを飾った独特なアクセントの洗練された紳士と踊っているときに、スーザンとコンスタンティンが戻ってきた。

コンスタンティンが手を振ったとき、オーガスタは明るく笑って応えた。二人の間に距離があったので、彼女はパートナーに飲み物を飲まないかと提案した。この戦略が功を奏し、十五分ほどダンスフロアから遠ざかっていた。そうこうするうちに巨大なケーキが運びこまれ、スーザンがナイフを入れる時間になった。コンスタンティンはスピーチをするので、スーザンやレディ・ベルウェイとともに並んで立っている。

ケーキカットがすんでシャンパンで乾杯し、コンスタンティンがスピーチを始めた。心が麻痺していたオーガスタだったが、今になって苦痛と当惑を感じた。コンスタンティンも多少なりとも愛を感じたから私に結婚を申しこんだのだろう。でも、きっとそこまで進むつもりはなかったのだ。スーザンにやきもちをやかせたかっただけなのかもしれない。あるいは、私を愛していると勘違いしたあげく、結局彼はスーザンへの本当の愛に気づいたのかもしれない。スーザンと結婚することも考えたと言っていた。私が彼を愛していると言わなければ……。

ふたたびダンスフロアに連れ出されたオーガスタは、パートナーに明るい顔を向けて踊りながら、コンスタンティンのことを考えつづけた。とにかく、彼はスーザンと結婚すればいい。機会があれば、すぐにでもそう言おう。私には週末の休みがある。たしかコンスタンティンはドクター・ソームズのところに行くと言っていた。そのときに彼に会い、できるだけ友好的な方法で別れるのだ。

数分後、コンスタンティンがやってきて、ダンスのパートナーからオーガスタを取り返した。そして彼女の耳元でささやいた。「楽しんでいるかい、ローリー？」

「ええ、最高よ」オーガスタはごく自然に見えるように心がけながら、ちらりとコンスタンティンを見た。「あなたのスピーチ、すばらしかったわ」

頭の上でコンスタンティンの声が聞こえた。「まあね……いったいどうした、オーガスタ？」

その言葉にびっくりして、オーガスタはしばらくなにも言えなかった。否定しても無駄だろう。そこで注意深く答えた。「たいしたことじゃないの。たくさんの人に会ったでしょう。私はこういうことに慣れていないから……ちょっと圧倒されてしまって」彼の白いシャツに目を据える。顔を見るのはとても無理だ。「スーザンは本当にすてきだわ。パーティはいつまで続くの？」

コンスタンティンはオーガスタが振った話題をそっけなく受け流した。「ああ、すてきだね。朝食が朝五時に出る。君は明日いつなら体が空く？」

これについてはオーガスタも嘘をつく必要はなかった。「明日は無理ね。一時に出勤しないといけないの。それに、まず少し眠りたいわ」

「夜は？」

「九時までは仕事よ。それにあなたも知っているだろうけれど、引き継ぎもあるし」

「週末に暇はないのかい?」

嘘は驚くほどすらすら出た。「無理そうね……看護師長と交代したから」休みだなんて絶対に言うつもりはない。コンスタンティンに言うせりふを考える時間が必要だ。それまでは、できるだけ彼に会わないほうがいい。「オランダにはいつ戻るの?」

「月曜だ。そうなると、君に会わずに帰国することになるな。電話するよ。少しくらい会う時間ができるだろう」

「わかったわ」

「いいかい、もしこれが君じゃなかったら、僕はじらされているんだと思っただろうね」

オーガスタはコンスタンティンのシャツに目を据えたまま、明るい平然とした声を保った。「とにかく私は私でしかないわ。看護師にとって社交的な生活を送るのがどんなにむずかしいか、あなただって知っているでしょう」危険を冒してコンスタンティンの顔をちらりと見た。彼はかすかに笑みを浮かべていた。気楽なようすで、二人が会えなくてもいらだつこともないようだ。オーガスタは陽気に尋ねた。

「私が踊った人なんだけど……メダルをたくさんつけている人は誰なの?」そのあとはとりとめのない話に移り、二人はふたたび離れた。次にオーガスタがコンスタンティンとダンスフロアで踊ったときには三時になっていた。「そろそろ聖ユダ病院に帰ってもかまわないかしら」

「疲れたんじゃないだろう?」

「ちょっとね。手術の日だったし……昨日も」

コンスタンティンが即座に言った。「いとしいローリー、僕はなんと浅はかな愚か者だろう! 今すぐ君を送り届けるよ。君はすぐにベッドに行き、明日の仕事時間まで起きないと約束してくれ」

彼はオーガスタの腕をとり、レディ・ベルウェイのところに連れていった。オーガスタは歩きながらくすっと笑った。「そんな約束なら簡単に守れるのに……」それから自分がなにを言おうとしているかに気づいて、言葉を切った。だが、コンスタンティンは聞いていないように見えた。病院に向かう車の中で、彼はその夜のことしか話さなかった。親切から車に乗せた相手に調子を合わせるような愛想のよさだった。聖ユダ病院に着くと、オーガスタは急いで言った。「あなたは降りないで」けれども、それ以上は言えなかった。コンスタンティンはこの前と同じように、彼女と一緒に静かなロビーを抜けて通路を進んでいた。ただし、今回は前回と違って、オーガスタの気分は最低だ。

ドアのところで、コンスタンティンがそっとキスをした。「ぐっすりおやすみ、いとしいローリー」

オーガスタの予想を裏切り、彼はそれ以上なにも言わなかった。そして彼女が看護師寮の入口で振り返って手を振るまで待っていた。

9

木曜の午後、シャーボーン駅でオーガスタを迎えたのは、ミセス・ブラウンだった。車を運転しながら無言で母親の話を聞いていたオーガスタは、やがて明るく尋ねた。「彼はドクター・ソームズのところにいるの、お母さん？　月曜日にアルクマールに戻るそうよ。私たち、しばらく会えなかったの」

ミセス・ブラウンは前日コンスタンティンから、オーガスタは週末仕事があると聞いていた。だがその事実を隠したまま、ドクター・ソームズはエクセターまでクリケットの試合を見に行っているから、誰かが診療所にいるんじゃないかしらと答えた。

翌日の午前中、オーガスタはぼんやりと時間を過ごした。コンスタンティンに言うせりふをボトム相手に練習し、午後を待った。今日は金曜なので、診療時間は三時から四時までと六時から七時までのはずだ。そこで四時少し前に家を出て、最後の患者が帰った直後にコンスタンティンに会おうと心を決めた。三時を過ぎたころ、自室に戻った。地味なグレーのワンピースに着替えると、細心の注意を払って髪をまとめ、メイクをする。それから庭にいる母親に明るい声で三十分ほど車を使うと伝えた。

数分後、オーガスタは村に向けてモーリス社の小型ワゴン車を飛ばしていた。残念なことに、前方に地元のバスが立ちはだかった。バスはマイペースでごとごと走り、数百メートルごとにとまっては常連客を乗せていく。モーリスのすぐうしろについたのが農場のトラックだったので、オーガスタは運転に集中した。そのせいでレディ・ベルウェイの乗るダイムラーがすれ違ったのにも気づかなかった。ようやく診療所に着くと、気が変わる前に車を降り、家のわきにある開いた診療所のドアから中に入った。

長年ドクター・ソームズのもとで働いているミス・ピンクが顔を上げた。「あら、ガッシー。ドクター・ソームズはお留守よ」

「ええ、知っているわ。コンスタンティンに会いに来たの」オーガスタは空っぽの待合室を見まわした。

「まだ中に誰かいるの？」

「ええ、年老いたミセス・トレントが……ほら、彼女の脚がね……でも、そう長くはかからないわよ。ドクターにあなたが来たと伝えましょうか？」

オーガスタはすぐに答えた。「いいえ、いいの、ありがとう、ピンキー。彼をびっくりさせたいから」

ところが数分後、オーガスタが診察室のドアを開けたとき、コンスタンティンはびっくりしたようには見えなかった。喜んではいる。そしてオーガスタには判断できない別の感情も浮かんでいた。彼女がなにも言えないうちに、コンスタンティンが椅子から立ちあがって近づいた。「やあ、オーガスタ。会えると思っていたよ。もっとも、よくない理由があって来たんだと思っているが。それでもやっぱり君に会えてうれしいよ」彼は落ち着いたようすだったが、オーガスタは声の調子とはまったく違う目の光に気づいた。「座ってくれないか」

「いいの」少々大きすぎる声になった。「大事な話があって来たの。それを話したら、すぐに帰るわ」

「僕たちのこと？」

「そうよ」眠れない長い夜の間、そしてボトムの首に向かって、オーガスタはせりふを練習した。そのときには簡単に思えたのに、今はまったく違う。

オーガスタが黙りこんだので、コンスタンティンが尋ねた。「切り出しにくい？　協力しようか？」

　そのときオーガスタはデスクの前に立っているコンスタンティンを見た。彼は両手をポケットに入れ、小銭をじゃらじゃらさせている。オーガスタの中で怒りがふくらんだ。おかげでようやく声を出すことができた。まだ大きすぎるが、しっかりしている。

「ダンスパーティの夜、レディ・ベルウェイに頼まれて、彼女の部屋にあるショールをとりに行ったの。窓が開いていて……あなたとスーザンの声が聞こえたわ。すぐにその場を離れるべきだったと思うけど、あなたたちは私の話をしていた。だから聞いていたの」コンスタンティンが眉をつりあげたが、オーガスタは見ていなかった。「あのあとずっと考えていたのよ。それで心を決めたわ。あなたが世界でたった一人の男性だったとしても、結婚はしないって」

　ここまで落ち着いた口調で話していたが、突然わきあがった怒りと苦痛に圧倒された。

「どうして私に会えるって思ったの？」オーガスタはぱっと尋ねた。「週末は仕事があると言ったのよ」

「たしかに君はそう言った。あれは見え透いた嘘だったから、病院に電話して自分で確かめたんだ」

オーガスタは喉を詰まらせた。「私に電話しなかったのに……」

「しなかったよ。電話してどうなる？　君は適当なことをでっちあげて、ごまかすだけだ」

オーガスタはちらりとコンスタンティンを見た。唇の端が引きつっている。間違いなく彼はおもしろがっているのだ。「あなたは以前、私が古いタイプだと言ったわ。だから私は……きっと……」涙で喉が詰まり、続けられなくなった。わっと泣きだしたい衝動は抑えたが、それでも声がうわずった。「あなたは……あなたは……なにか言ったらどう？」

「いや、やめておこう、いとしいローリー。少なくとも今はね。そんなに頭に血がのぼっているんだから。きっともう少しあとになれば……」

「あとになれば、私はここにいないわ」オーガスタは歯を食いしばった。「それに、よくも私をローリーなんて呼べるわね！　そう呼んでいいのは、私とかかわりの深い愛する人だけよ」

「僕はそうじゃないと？」コンスタンティンがなめらかに問いかける。「これからどうするんだ？」

「うちに帰るの。二度とあなたに会わないことを願うわ」オーガスタはドアに手を伸ばし、部屋を出ると、ばたんと閉めた。言おうと思っていた理性的で落ち着いたせりふはほとんど言わず、まったく言うつもりのなかったことをたくさん言ってしまった。その後も怒りはおさまらなかった。車を家の門に入れたとき、玄関の前に古い型の立派なダイムラーがとまっているのに気づいた。これからどうするかはわからないが、レディ・ベルウェイにはとても顔を合わせられないということだけはたしかだ。そもそもあの老婦人がこの家になんの用があるのだろう？

オーガスタは一時間かそこら車でどこか静かな場所に行っていようと考えた。ところが母親が客間の窓から、すぐに入ってくるよう呼びかけた。

部屋に入ってきたオーガスタを見て、レディ・ベルウェイは大喜びした。「こちらに来るときに、あなたの車とすれ違ったのよ。コンスタンティンに会いに行ったんでしょう？」

オーガスタは母親がついだお茶のカップを取りあげると、椅子に座った。「ええ。今日は天気もいいし、きっとドライブを楽しまれたことでしょうね」

オーガスタが話題を変えようとしたのに、レディ・ベルウェイは乗ってこなかった。「私は昨日コンスタンティンと一緒に来たの。スーザンが出ていったあと……」老婦人が鋭くオーガスタを見た。「どうしてあなたがここにいるのかわからないわ、オーガスタ。コンスタンティンは今週末あなたは仕事だって言っていたのよ。彼はここまで来る間、ずっとあなたのことを話していたわ」

「そうなんですか？」オーガスタはうろたえた声にならないよう努めた。「それは……どうして？」

レディ・ベルウェイがかすれた笑い声をたてた。「あらまあ、なんてばかげた質問かしら！」

オーガスタの心に、もしかしたら少々結論を急ぎすぎたのではないかという疑いがよぎった。恋する男性らしいふるまいが見られないとしても、コンスタンティンはうしろめたそうではなかったし、きまり悪そうでもなかった。オーガスタは部屋の反対側に座る母親に目で助けを求めた。ミセス・ブラウンは娘の懇願の視線に応(こた)えて、客に説明をうながした。

「レディ・ベルウェイ、スーザンについてはずいぶん大変だったんでしょうね。コンスタンティンは後見人だったわけですから、どんなに気をもんだか。彼女は彼の親しい友人と――それも結婚している男性を愛してしまったんですもの」

すでに一度その話をしていたレディ・ベルウェイだったが、喜んでもう一度繰り返した。この件は数週間にわたって家族だけの秘密だったからだ。問題が解決した今は、こうして人に話すと、ほっとする。それにコンスタンティンがオーガスタと結婚するのだから、ミセス・ブラウンも家族みたいなものだ。

「実を言うと、コンスタンティンがそのうれしくないようなことをすべて処理したのよ。噂がまったく出なかったのも彼の思慮深さのおかげね。それにあの辛抱強いやさしい性格が、スーザンの目を覚まさせたんだと思うわ。コンスタンティンがなんと言ってスーザンを説得したかは知らないし、彼とジェイムズの間で交わされた会話も知らないの。私が知っているのは、ジェイムズがやさしい妻のもとに帰ったということと、スーザンがパリに行ったということだけ。コンスタンティンは不平を言うような子じゃないけれど、カンブリアの旅はひどく疲れたに違いないわ」レディ・ベルウェイがオーガスタを見た。「きっとあなたもうんざりしたでしょう。でも、コンスタンティンは後見人として、友人として義務を果たしたわけだから」

オーガスタは立ちあがり、あわててカップと受け皿をテーブルに置いた。「あの、失礼していいでしょうか。私……用があって……」彼女は二人の女性に輝くばかりの笑みを向けて部屋を出た。

今度は道もすいていた。オーガスタは短い距離を記録的な時間で走り抜け、ドクター・ソームズの家の前で急ブレーキを踏んだ。そして診療所の入口ではなく、庭に面したフランス窓に向かった。あせって中に入ったのでよろめいたが、診察室にたどり着くまで足をとめなかった。コンスタンティンはオーガスタが出ていったときと同じ場所に立っていた。ポケットの中でじゃらじゃらさせる小銭の音が聞こえた。それがあまりにいい音だったので、彼女は一瞬目を閉じて喜びにひたった。

コンスタンティンが愛想よく言った。「戻ってくると思っていたよ」

オーガスタは驚いて尋ねた。「どうして？」

「僕の名付け親が君のお母さんとお茶をしているからさ。彼女は君が家族の一員だと考えているので、君のお母さんに秘密を打ち明けるじゅうぶんな理由があるというわけだ。話は聞いたんだろう？」

オーガスタはうなずいた。「あなたは私が帰ってくるとわかっていた。そんなに確信があったの？」

コンスタンティンはポケットから両手を出して背筋を伸ばし、そびえるように立った。彼はやさしさをこめて言った。「いや、僕のダーリン。でも、僕がここで君のことを思えば、君も僕のことを思ってくれるかもしれないと考えた。君は僕の半身、伴侶(はんりょ)だからね。そうだろう、いとしいローリー？」

オーガスタは小さくほほえんだ。胸の奥から幸せの温かい光が広がっていくのを感じる。「私が帰ってこなかったら、どうしていたの？」

「もちろん、君のあとを追いかけたさ」

「ダーリン、コンスタンティン、私は自分が恥ずかしいわ。てっきりあなたがスーザンと……」オーガスタは顔をしかめた。「言ってくれればよかったのに。私はぺらぺらしゃべってまわったりしないわ」

「たしかに。実際、打ち明けようと思ったんだ。だが、君は一時から九時まで仕事だと言っていただろう。それに週末も期待できなかったし」

オーガスタは顔を赤らめた。「だって、私はてっきり……でも、あのあとに何日かあったのに」

「またカンブリアに出向く羽目になったんだ。今では君もジェイムズがそこに住んでいると知っているだろう。ダンスパーティの前に、僕はスーザンをそこに連れていった。やけっぱちなやり方だったが、僕がやけっぱちだったから」コンスタンティンが一歩オーガスタに近づいた。「君を巻きこむ権利などなかった。結婚を申しこんでもいなかった」彼はさらに近づいてほほえんだ。「まだ怒っている？」

「ええ……いいえ。私はあなたに愛されていないと思っていたのよ」オーガスタは震える息を吸いこんだ。「あなたは一度も言ってくれなかったんだもの……一度もよ！」

コンスタンティンはオーガスタを腕の中に引き寄せた。「僕の重大な過ちだ」彼は笑った。「きっとすぐに埋め合わせできるよ」

それからかなりたって、オーガスタはコンスタンティンの肩に向かって尋ねた。「あなたは私が美人じゃなくても気にしない？」

コンスタンティンは彼女の顎に手をかけて、心底びっくりしたように見おろした。「愛する人、僕は君ほど美しい人に会ったことがない。それは今後も変わらない」

オーガスタは緑色の目を見開いた。コンスタンティンは心からそう信じているのだ。彼はなんと言っていた？〝美は見る者の中にある〟だ。オーガスタは満ちたりたため息をつくと、彼の肩にもたれかかった。やがて顔を上げて尋ねた。「本当に月曜日にアルクマールに戻らなきゃいけないの？」

コンスタンティンが彼女の頭にキスをした。「そうだよ、ダーリン。もっと悪いことに、今夜は三十分早く診療を始めるんだ。居間で待っていてくれるかい？　待っている間に、僕たちの結婚式でなにを着るか考えればいい。君に与えられた時間はそれしかないから」デスクのブザーが鳴り、彼はオーガスタの肩をとらえて、そっとドアのほうに押しやった。「見えないところに行ってくれ、僕のダーリン、ミス・ブラウン。気が散ってたまらない」

オーガスタは素直にドアに向かったが、戸口で立ちどまって肩ごしにコンスタンティンを見た。「私、ずっと前からアルクマールに住むのもいいなって思っていたの」そして投げキスをしながら部屋を出た。

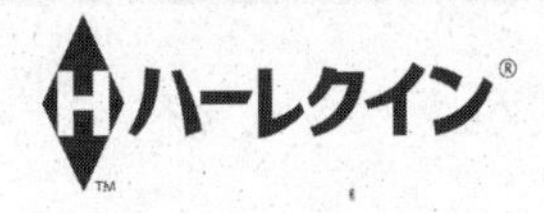

ハーレクイン・イマージュ　2012年4月刊（I-2222）

オーガスタに花を

2024年8月20日発行

著　　者	ベティ・ニールズ
訳　　者	山本みと（やまもと　みと）
発 行 人	鈴木幸辰
発 行 所	株式会社ハーパーコリンズ・ジャパン 東京都千代田区大手町 1-5-1 電話 04-2951-2000（注文） 0570-008091（読者ｻｰﾋﾞｽ係）
印刷・製本	大日本印刷株式会社 東京都新宿区市谷加賀町 1-1-1
表紙写真	© Maryna Kriuchenko | Dreamstime.com

ISBN978-4-596-96148-8 C0297